WITHDRAWN
PRINT

Chantelle Shaw
Isla de pasión

Editado por HARLEQUIN IBÉRICA, S.A.
Núñez de Balboa, 56
28001 Madrid

© 2012 Chantelle Shaw. Todos los derechos reservados.
ISLA DE PASIÓN, N.º 2206 - 16.1.13
Título original: The Greek's Acquisition
Publicada originalmente por Mills & Boon®, Ltd., Londres.

I.S.B.N.: 978-84-687-2401-0
Depósito legal: M-35517-2012
Editor responsable: Luis Pugni
Fotomecánica: M.T. Color & Diseño, S.L. Las Rozas (Madrid)
Impresión en Black print CPI (Barcelona)
Fecha impresion para Argentina: 15.7.13
Distribuidor exclusivo para España: LOGISTA
Distribuidor para México: CODIPLYRSA
Distribuidores para Argentina: interior, BERTRAN, S.A.C. Vélez
Sársfield, 1950. Cap. Fed./ Buenos Aires y Gran Buenos Aires,
VACCARO SÁNCHEZ y Cía, S.A.

Capítulo 1

ATENAS a las dos y media de la tarde en verano se cocía bajo un cielo sin nubes. Una ardiente calima flotaba en la escalera de entrada de Kalakos Shipping, mientras el resplandor del sol parecía incendiar los cristales del bloque de oficinas.

Las puertas automáticas se abrieron sin ruido cuando Louise se acercó. Dentro, la decoración era de una elegancia minimalista. Sus tacones de aguja resonaron escandalosamente en el suelo de mármol conforme se aproximaba al mostrador de recepción.

–Me llamo Louise Frobisher. He venido a ver a Dimitri Kalakos –dijo en un griego fluido.

La recepcionista consultó su agenda del día y sus perfectamente delineadas cejas se juntaron en un leve ceño.

–Lo siento, pero parece que el señor Kalakos no tiene reservada cita con usted, señorita Frobisher.

–Mi visita es de carácter personal, no profesional. Le aseguro que el señor Kalakos estará encantado de verme.

Aquella declaración deformaba ciertamente la verdad. Pero ella confiaba en la reputación de Dimitri como playboy, y en que con un poco de suerte la recepcionista la tomara por alguna de sus numerosas amantes. Ese era el motivo por el que llevaba la falda más corta que se había puesto nunca y aquellos tacones altísimos. Se había dejado la melena suelta por una vez, en lugar de recogérsela en un moño, y se había maquillado también más de lo usual. La sombra gris humo de sus párpados resaltaba el azul de sus ojos, mientras que el rojo escarlata de su carmín era idéntico al de su traje de falda y chaqueta. El diamante en forma de flor de lis al extremo de la fina cadena de oro que llevaba al cuello había pertenecido a su *grand-mère*, Celine.

Había leído en alguna parte que, si los embaucadores tenían éxito, era por la absoluta confianza que tenían en sí mismos. Así que cuando la recepcionista murmuró que lo consultaría con la secretaria personal del señor Kalakos, Louise se rio y se atusó la melena rubia sobre los hombros mientras se dirigía al ascensor. Sabía que Dimitri ocuparía actualmente la suntuosa última planta del edificio, la misma que antaño había usado su padre.

—Seguro que Dimitri querrá verme. No deseará que nos molesten durante un buen rato... —murmuró.

La recepcionista se la quedó mirando vacilante, pero, para alivio de Louise, no hizo mayor intento por detenerla. Sin embargo, en el instante en que se cerraron las puertas del ascensor, su bravuconería desapareció y se sintió tan incómoda e insegura de sí misma como se había sentido con diecinueve años. Podía recordar con tanta claridad como si hubiera sucedido el día anterior el amargo enfrentamiento que había tenido con Dimitri siete años atrás.

El ascensor le pareció terriblemente claustrofóbico, pero aspiró profundo y se obligó a permanecer tranquila. Dimitri representaba su principal esperanza de ayudar a su madre, y resultaba vital que permaneciera tranquila y al mando de sus emociones, que habían oscilado entre el temor y la expectación ante la perspectiva de volver a enfrentarse con él después de tanto tiempo. Debió de haber imaginado que esquivar a la secretaria personal sería bastante más difícil que sortear a la recepcionista del vestíbulo. Aletha Pagnotis se comunicó con su jefe y le transmitió su petición de cinco minutos de su tiempo. Petición que tropezó con una rotunda negativa.

–Si me explica la razón de su visita, señorita Frobisher, entonces quizá el señor Kalakos reconsidere su decisión –murmuró la secretaria media hora después, seguramente tan cansada de tener a una desconocida sentada en su oficina como lo estaba Louise de esperar.

La razón de que quisiera ver a Dimitri era demasiado personal, pero de repente se le ocurrió que años atrás, en Eirenne, había sido conocida como Loulou, el diminutivo con el que su madre siempre la había llamado. Y que dado que ahora utilizaba un apellido diferente del de Tina, quizá Dimitri no la hubiera reconocido.

Perpleja, la secretaria repitió el mensaje que Louise le había pedido que transmitiera a su jefe y desapareció en su despacho.

El aroma del café recién hecho asaltó el olfato de Dimitri y le dijo, sin necesidad de que consultara su Rolex de platino, que eran las tres de la tarde. Su secretaria personal se lo servía exactamente a la misma hora cada tarde.

–*Efjaristó* –no levantó la vista de las columnas de números de la pantalla de su ordenador, pero fue bien consciente de que Aletha dejaba la bandeja sobre el escritorio.

–Dimitri... ¿puedo decirte algo?

Frunciendo el ceño ante aquella inesperada interrupción, alzó la mirada del informe financiero en el que estaba trabajando y miró a su secretaria.

–Pedí que no me interrumpieran –le recordó. Un tono de impaciencia teñía su voz.

–Ya lo sé, y lo siento... pero la joven que ha llegado antes esperando verte aún sigue aquí.

–Ya te dije que no conozco a Louise Frobisher. No he oído hablar de ella, y a no ser que te explique la razón de su visita, te sugiero que llames a seguridad para que la acompañen hasta la salida.

A sus treinta y tres años, Dimitri era uno de los más importantes ejecutivos del país. Ya antes de tomar las riendas de Kalakos Shipping, tras la muerte de su padre, había dirigido una compañía telemática en rápida expansión en el mercado asiático, y en unos pocos años se había convertido en multimillonario. Su empuje y determinación eran extraordinarios. Aletha tenía a veces la sensación de que estaba intentando demostrar algo a su padre, aunque habían pasado ya tres años desde la muerte de Kostas.

–La señorita Frobisher me ha pedido que te diga que hace años la conociste bajo otro nombre: Loulou. Y que desea hablar sobre Eirenne.

Dimitri entrecerró los ojos y se la quedó mirando en silencio durante unos segundos. Luego, ante su asombro, pronunció tenso:

–Infórmale de que le dedicaré exactamente tres minutos de mi tiempo.

Había tanto silencio en la oficina de la secretaria de Dimitri que el tictac del reloj parecía competir con el estruendo del corazón de Louise. Tenía los nervios destrozados y el sonido de la puerta al abrirse hizo que se girara rápidamente sobre sus talones.

–El señor Kalakos la recibirá en seguida –le informó Aletha Pagnotis–. Por aquí, por favor.

Un nudo de inquietud le cerró el estómago. «Si aparentas seguridad en ti misma, no será capaz de intimidarte», procuró decirse. Pero el nudo no desapareció, y seguían flaqueándole las piernas cuando entró en la guarida del león.

–Entonces... ¿cuándo Loulou Hobbs se transformó en Louise Frobisher?

Dimitri se hallaba sentado detrás de su inmenso escritorio de caoba. No se levantó cuando entró ella y su expresión permaneció impasible, de modo que Louise no tenía la menor idea de lo que estaba pensando, pero exudaba un aire de poder y autoridad que encontró desalentador. Su cerebro registró también que estaba guapísimo, con aquella tez bronceada y rasgos como esculpidos en piedra.

Una vez que su secretaria hubo abandonado discretamente la habitación, Dimitri se reclinó en su sillón y la contempló con un descaro que le hizo ruborizarse. Louise resistió el impulso de tirarse del borde de la falda para que pareciera más larga. En realidad no era tan corta. Pero su elegante y sofisticado conjunto, un punto provocativo y escogido deliberadamente para estimular su autoconfianza, era muy distinto del práctico traje azul marino que llevaba cada día al museo.

Al contrario que su madre, siempre ávida de llamar la atención, Louise se contentaba con camuflarse con el entorno. No estaba acostumbrada a que la miraran como la estaba mirando Dimitri: ¡como si fuera una mujer atractiva y él se la estuviera imaginando sin ropa ninguna! La cara le ardía. Por supuesto que no se la estaba imaginando desnuda. No había brillo alguno de excitación sexual en aquellos ojos de color verde aceituna. Era solamente la luz del sol que se filtraba a través de las persianas y se reflejaba en sus retinas.

Pero la había encontrado atractiva una vez antes, le susurró una voz interior. Y, si era absolutamente sincera..., ¿acaso no había escogido ese conjunto con la esperanza de impresionarlo, de mostrarle lo que se había perdido? Años atrás él le había dicho que era bonita. Pero su sentido común le decía que aquello no había sido real. Había formado parte del cruel juego que había estado jugando con ella.

–¿Estás casada? ¿Es Frobisher el apellido de tu marido?

–No... no estoy casada. Siempre he sido Louise Frobisher. Mi madre empezó a llamarme con ese estúpido nombre de Loulou cuando era niña. Yo prefiero usar el verdadero. Y nunca fui Hobbs. Recibí el apellido de mi padre, aunque Tina no llegó a casarse con él. Rompieron cuando yo solo tenía unos meses y él se negó a ayudarnos.

–No me sorprende enterarme de que tu padre fue uno más en la larga lista de amantes de Tina. Tienes suerte de recordar incluso su nombre.

–Tú no eres quién para criticar nada –le espetó Louise, instantáneamente a la defensiva.

Era cierto que Tina *no* había sido la mejor madre del mundo. Louise había pasado la mayor parte de su infancia abandonada en diversos internados, mientras su madre había revoloteado por Europa con el primer hombre que pescaba. Pero en ese momento Tina estaba enferma de cáncer, y no importaba ya que de niña Louise se hubiera sentido un molesto engorro en la ajetreada vida social de su madre.

–Por lo que he leído en las revistas, tú disfrutas ejerciendo de millonario playboy con una interminable lista de bellas amantes. Reconozco que mi madre no es perfecta, pero tú no eres mejor, ¿verdad, Dimitri?

–Yo no rompo matrimonios –replicó con tono áspero–. Nunca le he robado la pareja a nadie, ni he destruido una relación perfectamente feliz. Es un hecho irrefutable que tu madre le rompió el corazón a la mía.

Aquellas amargas palabras impactaron en Louise como balas, y aunque *ella* no tenía nada de que sentirse culpable, lamentó por enésima vez qué su madre hubiera tenido una aventura con Kostas Kalakos.

–Se necesitan dos para hacer una relación –repuso con tono suave–. Tu padre escogió dejar a su madre por Tina...

–Solo porque ella lo acosó de manera implacable y

lo sedujo con todos los trucos de su indudablemente masivo repertorio sexual –la voz de Dimitri destilaba desprecio–. Tina Hobbs sabía exactamente quién era mi padre cuando «tropezó» con él en una fiesta en Mónaco. No fue el encuentro casual que a ti te comentó.

Estaba furioso. La primera vez que puso los ojos en Tina Hobbs supo exactamente lo que era: una avariciosa fulana presta a pegarse como una lapa a cualquier rico lo suficientemente estúpido como para caer rendido ante ella. Eso era precisamente lo que más le había dolido: el descubrimiento de que su padre no había sido tan inteligente ni tan maravilloso como había imaginado.

La furia lo llenaba de una inquieta energía. Arrastrando el sillón hacia atrás, se levantó y frunció el ceño al ver que Louise empezaba a retroceder lentamente hacia la puerta. Procuró recordarse que ella no tenía la culpa de que su madre hubiera sido una arpía avariciosa y manipuladora. Louise había sido una niña cuando Tina conoció a Kostas: una chiquilla desgarbada con aparatos en los dientes, con la mirada siempre clavada en el suelo.

A decir verdad, no se había fijado mucho en ella en las ocasiones en que había visitado a su padre en su isla privada del Egeo, cuando se había quedado con su madre durante las vacaciones escolares. Por eso mismo se había llevado una buena sorpresa cuando fue aquella última vez a la isla, después de la discusión con su padre, para encontrar allí sola a la niña por entonces conocida como Loulou. Solo que entonces ya no era una niña, sino que tenía diecinueve años. Ignoraba en qué momento la chica tímida y callada se había transformado en un adulta bella e inteligente.

Se obligó a volver a la realidad. Pero mientras contemplaba a la inesperada visitante que había interrumpido su rígida agenda de trabajo, tuvo que reconocer que durante los siete últimos años, Loulou, o Louise, había desarrollado el potencial que había tenido con diecinueve para convertirse en una mujer despampanante. La recorrió con la mirada, deteniéndose en la larga melena rubia color miel que enmarcaba su rostro en forma de corazón para derramarse sobre su espalda en una cascada de brillantes rizos. Sus ojos eran de un azul zafiro, y sus labios, pintados de un rojo vivo, representaban una seria tentación.

El deseo se desenroscaba en su interior mientras bajaba la mirada y reparaba en la manera en que su ajustada chaqueta rojo escarlata resaltaba su firme busto y su estrecha cintura. La falda era corta y las piernas, enfundadas en unas medias blancas, largas y bien torneadas. Los tacones de aguja, negros, elevaban su estatura por lo menos en cinco centímetros. Y aquellos dulces y húmedos labios entreabiertos... Se excitó cuando se imaginó besándolos como había hecho tantos años atrás.

El aliento de Louise parecía atrapado en sus pulmones. Algo estaba sucediendo entre Dimitri y ella: una extraña conexión que hacía que la atmósfera de la habitación casi crepitara de electricidad. No podía dejar de mirarlo. Era como si una fuerza invisible hubiera soldado sus ojos a los suyos. Nada más entrar en su despacho, lo primero que pensó fue que no había cambiado nada. Conservaba aquella arrogante manera que tenía de alzar la cabeza, como si se creyera superior a todos los demás. Pero, por supuesto, presentaba algunas diferencias. Durante los siete años que habían transcurrido desde la última vez que lo vio, su hermoso rostro se había endurecido. Sus rasgos eran más enérgicos, con pómulos afilados y una mandíbula cuadrada que hablaba de una implacable determinación.

Dado que se había puesto de pie, Louise fue también consciente de su estatura. Debía de sacarle sus buenos diez centímetros y tenía un cuerpo fuerte y musculoso, de atleta. Su pantalón, de corte perfecto, resaltaba sus estrechas caderas. En algún momento del día debía de haberse quitado la corbata, que reposaba sobre el respaldo de su sillón, y desabrochado los primeros botones de la camisa, revelando un triángulo de piel bronceada con una oscura mancha de vello.

Los recuerdos la asaltaron: imágenes de un Dimitri joven, de pie al borde de la piscina de la villa de Eirenne, luciendo un bañador mojado que se adhería a sus estrechas caderas y dejaba poco terreno a la imaginación. Había visto hasta el último centímetro de su glorioso cuerpo. Lo había tocado, acariciado; había sentido su peso presionándola contra el colchón mientras se tumbaba sobre ella y...

–¿Por qué estás aquí?

–Necesito hablar contigo.

–Es gracioso –comentó, sardónico–. Recuerdo haberte dirigido esas mismas palabras una vez, pero tú te negaste a escucharme. ¿Por qué debería escucharte yo a ti ahora?

Louise se quedó sobrecogida por la referencia al pasado. Había supuesto que se habría olvidado del breve tiempo que habían compartido juntos. Para ella habían sido unos días mágicos, pero sabía que para él no habían significado nada.

–Creo que te interesará lo que tengo que decirte. He puesto Eirenne a la venta... y pensé que quizá querrías comprarla.

–¿Quieres que compre la isla que perteneció a mi familia durante cuarenta años antes de que tu madre persuadiera a mi padre, en su lecho de muerte, de que cambiara el testamento y se la dejara a ella? –soltó una carcajada–. Además, tú no tienes derecho legal a venderla. Kostas nombró beneficiaria a Tina, y en todo caso la isla le pertenece a ella.

–Pues sucede que yo soy la legítima propietaria. Mi

madre puso todas sus propiedades a mi nombre y yo puedo hacer lo que quiera con Eirenne... aunque Tina está de acuerdo con mi decisión de venderla.

La primera parte de su aseveración era cierta, reflexionó Louise. El abogado de su madre le había aconsejado que transfiriera la titularidad de la isla a su hija, por motivos fiscales. Pero Louise nunca había considerado aquella isla como suya, y solamente vendiéndola podría conseguir reunir la enorme suma que Tina necesitaba para pagarse el tratamiento médico que necesitaba. No lo había hablado con su madre, que estaba demasiado enferma para hacer otra cosa que intentar aguantar cada día. Las probabilidades que tenía de sobrevivir eran escasas, pero Louise estaba determinada a que tuviera una oportunidad.

—La isla está valorada en unos tres millones de libras. Estoy dispuesta a vendértela por uno.

—¿Por qué? —entrecerró los ojos.

Louise entendía su sorpresa. El agente inmobiliario la había tomado por una loca cuando le dijo que estaba dispuesta a ofrecer aquella pequeña pero encantadora isla griega por un precio tan inferior al del mercado.

—Porque necesito venderla rápido —se encogió de hombros.

No se molestó en explicarle que nunca se había sentido cómoda con el hecho de que Kostas Kalakos le hubiera dejado la isla a su madre, en lugar de legarla a su familia. Por un lado, dudaba que Dimitri le creyera, y por otro no deseaba mezclar sentimientos personales con lo que esencialmente era una propuesta de negocios. Necesitaba vender Eirenne, y estaba segura de que Dimitri estaría dispuesto a comprarla.

—Sé que intentaste comprarle la isla a mi madre poco después de la muerte de Kostas, y que ella se negó a vendértela. Ahora te estoy dando la oportunidad de poseerla de nuevo.

–Déjame adivinar... Tina quiere que vendas Eirenne porque se ha gastado todo el dinero que le dejó mi padre y ha decidido convertir en efectivo la última propiedad que le queda.

Era un comentario dolorosamente cercano a la verdad, reflexionó Louise. Su madre había llevado un dilapidador estilo de vida desde la muerte de Kostas, ignorando las advertencias del banco de que su herencia se estaba agotando.

–No pretendo discutir contigo mis razones. Si rechazas mi propuesta, publicaré una oferta de venta, que me han asegurado que suscitaría mucho interés.

–Por si acaso no te has dado cuenta, el mundo está inmerso en una grave crisis económica y dudo que puedas vender con rapidez. Los negocios de la industria del ocio no se verán tan atraídos, porque Eirenne no es lo suficientemente grande para convertirse en un centro turístico... afortunadamente.

Las palabras de Dimitri vinieron a repetir lo mismo que el agente inmobiliario le había contado. Un nudo de pánico le atenazó el estómago. Su madre no podía esperar mucho: solamente disponía de unos pocos meses.

Dimitri, que la contemplaba pensativo, se sorprendió al ver que el color abandonaba su rostro. Se advertía en ella una vulnerabilidad que le recordaba a la joven que había conocido siete años atrás. Aquella otra Louise había estado por entonces en su primer año de universidad, abriéndose al mundo e hirviendo de entusiasmo. Su pasión por todo, especialmente por el arte, lo había dejado cautivado. Aunque él aún no había cumplido los treinta, se había sentido ya cansado de las sofisticadas y mundanas mujeres que solían desfilar por su cama. Se había sentido intrigado por ella y habían hablado durante horas: no insustanciales charlas, sino conversaciones interesantes. Había creído haber encontrado algo especial... alguien especial. Pero se había equivocado.

–Detecto que hay más en esto de lo que me estás diciendo. ¿Por qué estás dispuesta a vender la isla por un precio tan inferior al de mercado? Gracias por la oferta, pero no estoy interesado en recuperar Eirenne –se la quedó mirando fijamente–. Me evoca demasiados recuerdos que preferiría olvidar.

Louise se preguntó si habría dicho eso de manera deliberada para hacerle daño. Podía haberse referido a la aventura de su padre con Tina, por supuesto. Kostas había abandonado a la madre de Dimitri para irse a vivir con Tina en Eirenne. Pero de alguna manera sabía que se había referido a recuerdos más personales: los maravillosos días que habían pasado juntos, con aquella única e increíble noche.

–Tus tres minutos se han acabado. Avisaré para que te acompañen a la salida.

–¡No... espera! –sorprendida por su brusca despedida, se acercó a él para evitar que descolgara el teléfono de su escritorio. Le tocó la mano, y aquel fugaz contacto envió una corriente eléctrica a lo largo de su brazo. No pudo evitar soltar una exclamación al tiempo que se retraía.

Sentía sus ojos clavados en ella, pero se hallaba tan estremecida por su propia reacción que no se atrevió a alzar la vista. Estaba igualmente consternada por su negativa a comprarle la isla. La cabeza le daba vueltas. Si Dimitri no quería comprarle Eirenne, ella podría publicar una oferta de venta por el mismo precio que le había ofrecido a él. Pero seguiría sin tener garantizada una compra rápida, y el tiempo de Tina se estaba acabando. Se imaginó el rostro dolorosamente seco y maciento de su madre, de la última vez que la visitó. El rojo del carmín que seguía aplicándose cada día con ayuda de la enfermera había contrastado de manera grotesca con su piel cenicienta.

–Estoy asustada, Loulou –le había susurrado Tina

cuando ella se inclinó sobre la cama para besarla, la víspera de su viaje a Grecia.

–Todo saldrá bien... Te lo prometo.

Estaba dispuesta a hacer todo cuanto estuviera en su poder para cumplir la promesa que le había hecho a su madre. De alguna manera tendría que reunir el dinero suficiente para sufragar aquel tratamiento en los Estados Unidos, y su mejor oportunidad de hacerlo era convenciendo a Dimitri de que le comprara la isla que ella misma, en su corazón, consideraba que debía pertenecerle. Era por eso por lo que se la había ofrecido a un precio tan bajo. Se negaba a contemplar la perspectiva de que Tina pudiera no sobrevivir. Pero la declaración de Dimitri acerca de que no estaba interesado en la isla representaba un golpe muy serio para sus esperanzas.

Capítulo 2

YO PENSÉ que saltarías ante la oportunidad de recuperar Eirenne –Louise rezó para que Dimitri no pudiera detectar la desesperación de su tono–. Recuerdo que me dijiste que significaba mucho para ti porque habías pasado momentos muy felices allí, de niño.

–Fueron momentos felices... para mí, para mi hermana y para mis padres. Cada año pasábamos las vacaciones en Eirenne. Hasta que tu madre destrozó a mi familia. ¿Y ahora tienes la desfachatez de pedirme que te vuelva a comprar lo que fue mío? Mi padre no tenía ningún derecho a legarle nuestra isla a esa fulana –esbozó una mueca de desprecio–. Entiendo que le darás el dinero a Tina, para que pueda seguir con su extravagante estilo de vida, ¿verdad? ¿Por qué no le sugieres que se busque otro amante? ¿O que haga lo que haría cualquier persona decente y se busque un trabajo para mantenerse a sí misma? Eso sería toda una novedad: Tina ganándose la vida –se burló–. Aunque supongo que ella podría replicar que tumbarse de espaldas y abrirse de piernas también es una forma de trabajo...

–¡Cállate! –la repugnante descripción que estaba haciendo de su madre le desgarró el corazón, y no solo porque no podía negar que había parte de verdad en sus palabras. Tina nunca había trabajado. Había vivido de sus amantes y, de manera desvergonzada, se había dejado mantener por ellos.

Pero era su madre, con defectos y todo, y se estaba

muriendo. Y Louise se negaba a criticarla o a tolerar que Dimitri la insultara.

–Ya te lo he dicho: legalmente soy propietaria de Eirenne y quiero venderla porque necesito capital.

–¿Me estás diciendo que el dinero sería para *ti*? –frunció el ceño–. ¿Para qué necesitas tú un millón de libras?

–¿Para qué necesita la gente el dinero?

Inconscientemente, se tocó el diamante con forma de flor de lis que llevaba al cuello y pensó en su abuela. Céline no había aprobado el estilo de su vida de su hija, pero habría querido que su nieta hiciera todo lo posible por ayudarla. Louise incluso había hecho tasar el colgante por un joyero, pensando en que podría venderlo para reunir dinero para el tratamiento de Tina. Pero la suma había equivalido apenas a una fracción de los costes médicos y, aconsejada por el joyero, había decidido conservarlo como único recuerdo que le quedaba de su abuela. Se ruborizó bajo la dura mirada de Dimitri. Resultaba vital que lo convenciera de que vendía la isla por su propio interés. Si llegaba a descubrir que era Tina quien necesitaba el dinero, jamás se avendría a comprarle Eirenne.

–Por lo que recuerdo de Eirenne, es un lugar muy agradable... –le dijo–, pero yo preferiría tener el dinero en la mano a poseer un peñasco de tierra en mitad del mar.

Dimitri se dijo que era una estupidez sentirse decepcionado, porque Louise había salido a su madre. Tina Hobbs era una consumada cazafortunas, y no debería sorprenderse de que su hija compartiera su misma carencia de escrúpulos morales. Siete años atrás habría jurado que Louise era diferente de Tina, pero evidentemente no lo era. Ella también quería dinero fácil. A juzgar por su aspecto, conjunto de diseñador, maquillaje y peinado perfectos, llevaba un lujoso estilo de vida y tenía gustos caros. El colgante que lucía no era precisamente bisutería barata. ¿Cómo podía permitirse ropa y joyas tan caras? Frunció el ceño cuando se le ocurrió que quizá un hombre había pagado todo eso a cambio de acostarse con ella.

Siete años atrás había sido una joven tan inocente... No sexualmente hablando, aunque se le había pasado por la cabeza, cuando se acostó con ella, que no había tenido mucha experiencia en ese campo. Al principio se había mostrado tímida, pero al final había reaccionado con una pasión tan ardiente que Dimitri había terminado por desechar la idea de que él hubiera podido ser su primer amante. El sexo con ella había sido una experiencia alucinante. Incluso en ese momento el recuerdo de sus piernas enredadas en torno a su cintura, o sus pequeños gritos de placer mientras se dejaba besar cada centímetro de su cuerpo y abría las piernas para que él pudiera embeberse de su dulce sexo, le hacían retorcerse por dentro...

Probablemente aquel aire sencillo y poco mundano había sido fingido, pensó con un dejo de tristeza mientras apartaba los ojos de su rostro y se ponía a mirar por la ventana. Incluso aunque hubiera sido tan dulce y encantadora como había creído él, a esas alturas resultaba evidente que era digna hija de su madre. Pero entonces, ¿por qué se sentía tan ferozmente atraído? La pregunta lo intrigaba, porque por mucho que detestara admitirlo, sentía el irrefrenable impulso de rodear rápidamente el escritorio y estrecharla en sus brazos. Sentía una insoportable tensión en la entrepierna mientras se la imaginaba besándola, hundiendo la lengua entre sus labios rojos y deslizando una mano bajo su corta falda.

La Loulou que recordaba de años atrás se había ido para siempre. Quizá nunca hubiera existido fuera de su imaginación. Recuperado el control de su libido, se volvió para mirarla desapasionadamente. Su primer impulso cuando ella le ofreció venderle Eirenne había sido mandarla al diablo. Pero en ese momento su experiencia profesional le decía que sería de locos rechazar una proposición tan ventajosa.

–Necesito algún tiempo para pensar si quiero o no quiero comprar Eirenne –dijo de pronto.

Louise apenas se atrevía a respirar, temerosa de haber escuchado mal o de haberlo malinterpretado.

–¿Cuánto tiempo? –no quería presionarlo, pero Tina necesitaba empezar el tratamiento en los Estados Unidos lo antes posible.

–Tres días. Contactaré contigo en tu hotel. ¿Dónde te quedas?

–En ningún sitio... Llegué a Grecia ayer por la tarde y me marcho esta noche. No puedo estar demasiado tiempo fuera de casa.

«¿Por qué no?», se preguntó Dimitri. ¿Viviría acaso con un amante que exigiera su presencia en su cama cada noche? Un inexplicable sentimiento de rabia le ardía en la sangre.

–Dime dónde podré contactar contigo –la instruyó secamente, entregándole el cuaderno y el bolígrafo que recogió de su escritorio.

Louise escribió algo y le devolvió el cuaderno. Dimitri miró su dirección y experimentó otra punzada de furia. Una propiedad en pleno centro de París era muy cara. Indignado por aquellas sospechas que acribillaban su cerebro, atravesó la habitación en un par de zancadas y le abrió la puerta.

–Estaremos en contacto.

–Gracias –la voz le salió ronca, y sentía las piernas débiles cuando abandonó su despacho. Al pasar a su lado olió su colonia, mezclada con un sutil aroma masculino que seguía resultándole dolorosamente familiar. Vaciló, abrumada por el enloquecido impulso de deslizar los brazos por su cintura y apoyar la cabeza en su pecho, como había hecho hacía ya tanto tiempo.

Dimitri entrecerró los ojos. Aquella mujer era una verdadera hechicera, mientras que él no era más que un mortal con un saludable instinto sexual. A pesar de su determinación por ignorar la candente química que existía entre ellos, era demasiado consciente del sordo dolor que le atenazaba el vientre. Por una fracción de segundo estuvo a punto de ceder a la tentación de meterla de nuevo en el despacho. Había pasado mucho tiempo desde la última vez que había experimentado un deseo tan urgente por una mujer. Se enorgullecía de su capacidad para mantenerse siempre controlado, fríamente tranquilo. Pero esa vez no se sentía tranquilo: el deseo corría por sus venas como lava ardiente.

–*Antio* –la despidió con tono seco, los dientes apretados.

El sonido de la voz de Dimitri rompió el encanto, y Louise apartó por fin la mirada de sus ojos. Obligó a sus pies a continuar moviéndose y, en el instante en que salió al pasillo, oyó el rotundo clic de la puerta al cerrarse a su espalda. Durante unos segundos tuvo que apoyarse en la pared del pasillo y aspirar profundo varias veces. Estaba consternada por el efecto que le producía Dimitri.

Nunca había conocido a un hombre tan devastadoramente sexy. Ningún otro había conseguido que las piernas se le volvieran de mantequilla, o evocara en su mente imágenes tan escandalosamente eróticas que todavía le hacían ruborizarse mientras se dirigía apresurada al ascensor. Siete años atrás se había sentido absolutamente deslumbrada por él, y en ese momento constataba que nada había cambiado.

Dimitri volvió a su escritorio y tamborileó con los dedos sobre la pulida superficie de madera. No podía olvidar la expresión de alivio que había visto relampaguear en los ojos de Louise cuando le dijo que se pensaría lo de comprar la isla. Quizá tuviera deudas y fuera ese el motivo por el cual necesitaba tan rápidamente el dinero, reflexionó. Eso explicaría por qué no podía esperar a un comprador que pagara por Eirenne su verdadero precio.

Soltando un juramento, renunció a estudiar el informe financiero, descolgó el teléfono y pidió que le pusieran con un detective cuyos servicios usaba ocasionalmente.

–Quiero que investigues a una mujer llamada Louise Frobisher. Tengo una dirección suya en París. Quiero un informe en veinticuatro horas.

Pasaba la medianoche cuando Louise regresó a su apartamento en el barrio de Châtelet-Les-Halles, en París. De localización ideal, ya que se hallaba lo suficientemente cerca del museo del Louvre como para llegar a pie, había sido su hogar durante los cuatro últimos años. Nada más entrar en el portal, soltó un suspiro de alivio. Su piso estaba en la sexta planta, en las buhardillas del edificio. Los techos inclinados reducían aún más un espacio ya exiguo, pero la vista de la ciudad desde la diminuta terraza era maravillosa.

Aquella vista, sin embargo, era lo último en lo que estaba pensando mientras dejaba la maleta en el pasillo y se descalzaba, agotada. En cuanto entró en el salón, Madeleine, su gata siamesa, se estiró con elegancia antes de saltar fuera de su cojín en el alféizar de la ventana.

–No me mires así –murmuró mientras levantaba al animal, que le lanzó una mirada de reproche con sus rasgados ojos color lapislázuli–. No te he abandonado. Benoit me prometió que te daría de comer dos veces al día, y apuesto a que te ha mimado un montón.

Su vecino, que vivía en el piso de abajo, la había ayudado mucho al ofrecerse a alimentarla mientras ella acompañaba a Tina en el hospital. Al día siguiente, después de trabajar, visitaría de nuevo a su madre. Se imponía una ducha rápida antes de acostarse, y media hora después se deslizaba bajo las sábanas. Ni siquiera protestó cuando Madeleine saltó de su cojín para ovillarse contra sus piernas.

Debería haberse dormido en seguida, pero el sueño la rehuyó de tantos como eran los pensamientos que acribillaban su mente. Volver a ver a Dimitri había sido mucho más doloroso de lo que había imaginado. Habían pasado siete años, se recordó furiosa. Debería haberlo superado... lo había superado, de hecho. Pero mientras yacía en la cama, viendo cómo los rayos de luna se deslizaban entre las cortinas, se descubrió incapaz de contener los recuerdos.

Había ido a Eirenne a pasar las vacaciones de Semana Santa. Sus amigos de la universidad habían intentado persuadirla de que se quedara en Sheffield, pero los exámenes se acercaban y había adivinado, con fundamento, que poco podría estudiar cuando sus compañeras de piso planeaban celebrar fiestas cada noche. Además, había pensado celebrar su decimonoveno cumpleaños con su madre. Pero cuando llegó a la isla, se había encontrado con que Tina y Kostas estaban a punto de marcharse para pasar las vacaciones en Dubai. No era la primera vez que su madre se olvidaba de su cumpleaños, y Louise tampoco se molestó en recordárselo. Había intentado consolarse diciéndose que al menos podría estudiar. Pero lo cierto era que se había sentido muy sola en Eirenne, acompañada únicamente en la villa por el plantel de servicio.

Una tarde, aburrida de estudiar, había decidido salir a dar un paseo por la isla en su bicicleta. Eirenne era una isla pequeña, pero en sus anteriores visitas nunca se había alejado más allá del recinto de la opulenta villa que Kostas había levantado para su amante. La carretera que rodeada la isla era poco más que una pista llena de baches, y Louise había estado concentrada precisamente en evitarlos cuando una moto apareció de pronto en una curva y maniobró para no atropellarla. Aterrada, había perdido el equilibrio para caer al suelo.

–*Theos*, ¿es que no puedes mirar por dónde vas?

Había reconocido su furiosa voz pese a que no lo había visto más que un puñado de veces, cuando sus estancias en Eirenne habían coincidido con las visitas de Dimitri a su padre. En realidad nunca había hablado antes con él, si bien había escuchado las discusiones que había tenido con Kostas sobre su relación con Tina.

–Has estado a punto de atropellarme –protestó indignada cuando él la agarró del brazo para levantarla del suelo–. ¡Un loco en una moto! ¡Vaya un cumpleaños el mío! –había añadido, rezongando–. Ojalá me hubiera quedado en Inglaterra...

Por un instante, el extraordinario tono verde aceituna de sus ojos se oscureció. Pero a continuación echó la cabeza hacia atrás y soltó una carcajada.

–¿Así que tienes lengua? Siempre me habías parecido muda.

–Seguro que pensabas que me tenías impresionada –había replicado ella, ruborizándose.

–¿Y estás impresionada, Loulou?

–Por supuesto que no. Estoy enfadada. Se me ha pinchado una rueda, gracias a ti. Y voy a tener un bonito moratón en el hombro.

–Tienes sangre –le dijo él, viendo que tenía un rasguño en un brazo–. Ven conmigo, que te curaré la herida y te pondré un parche en la rueda.

–Pero la Villa Afrodita está por allí –protestó sorprendida cuando Dimitri se volvía en la dirección opuesta–. ¿Dónde te quedas, por cierto? No te he visto. Creía que

Kostas te había prohibido entrar en la villa después de vuestra última discusión.

–No pienso volver a poner el pie en esa monstruosidad sin gusto que mi padre ha hecho construir para su fulana –la furia volvió a teñir su voz–. Me quedo en la antigua casa que levantó mi abuelo hace años.

Después de dejar la moto a un lado de la pista, se ocupó de llevarle la bicicleta. Ella lo siguió en silencio, intimidada por su mal humor. Pero su furia había desaparecido para cuando llegó a la casa, y se portó como un impecable anfitrión, invitándola e instruyendo a su mayordomo para que les sirviera unas bebidas en la terraza. La casa se alzaba en una hondonada del terreno, rodeada de pinos y olivos. Al contrario que la ultramoderna y, para gusto de Louise, poco atractiva Villa Afrodita, se trataba de una hermosa casona antigua de estilo clásico, con muros pintados de rosa coral y contraventanas color crema.

–Quédate quieta mientras te curo la herida del brazo –la instruyó él después de hacerle pasar a la terraza e invitarla a sentarse en una de las tumbonas.

Su contacto era suave, dulce, y sin embargo Louise experimentó un escalofrío al sentir sus manos en su piel. Su oscura cabeza estaba inclinada muy cerca de la suya, y por un momento fue ferozmente consciente del olor de su loción mezclada con otro aroma sutilmente masculino que le aceleró el pulso.

–Casi no te reconocí –le dijo él, sonriendo–. La última vez que te vi, eras como el patito feo del cuento.

–Gracias –murmuró sarcástica, ruborizándose cuando recordó los aparatos para los dientes que había llevado durante años. Intentó apartarse pero, en lugar de soltarle el brazo, Dimitri deslizó apenas las puntas de los dedos por la base de su cuello hasta encontrar el pulso que allí latía.

–Ahora, sin embargo, te has convertido en un cisne

–le dijo con tono suave–. *Ise panemorfi...* Eres muy bella.

Aquello había sido el principio, reflexionó en ese momento Louise, moviéndose inquieta en la cama: el instante exacto en que había mirado los ojos verde aceituna de Dimitri y descubierto que la deseaba. Ese había sido el comienzo de una serie de días dorados, durante los cuales se habían hecho amigos y su intimidad se había ido tornado cada vez más intensa. Cuando Dimitri se enteró de que estaba pasando su cumpleaños sola, había insistido en llevarla a cenar a la vecina isla de Andros, que estaba a un corto viaje en barco desde Eirenne. Había sido una tarde mágica, al final de la cual, cuando la acompañó de vuelta a Villa Afrodita, la había besado. Había sido un beso fugaz, pero Louise había sentido explotar en su interior una cascada de fuegos artificiales y se lo había quedado mirando aturdida, deseosa de que volviera a besarla.

No lo había hecho, sino que le había deseado buenas noches de manera bastante brusca, hasta el punto de que ella se había preguntado si no lo habría molestado en algo. ¿Quizá se había arrepentido de besarla porque era la hija de la amante de su padre? Pero a la mañana siguiente Dimitri se había presentado en la villa cuando ella se hallaba sentada y desconsolada al borde de la piscina, enfrentada a la perspectiva de otro aburrido día. La había invitado a ir a la playa con él, y de repente el día que se había imaginado tan anodino se reveló maravilloso.

Habían nadado y tomado el sol y charlado de mil temas... aparte de la aventura de Kostas y Tina. Dimitri no había vuelto a mencionar a la madre de Louise. Durante los días siguientes, la leve desconfianza de Louise había terminado por desaparecer y se había sentido cada vez más relajada en su compañía. Así las cosas, le había parecido perfectamente natural que él la llevara nuevamente a su antigua casa del pinar para hacerle el amor una larga y lánguida tarde. Se había mostrado tan diestro y tan delicado que perder la virginidad había resultado una experiencia completamente indolora. Todo había sido perfecto, con sus cuerpos moviéndose en completo acuerdo, hasta que de manera simultánea alcanzaron el cenit del placer sensual.

A la mañana siguiente, Dimitri la había acompañado de vuelta a Villa Afrodita.

–Ven a bañarte en la piscina –lo había invitado ella–. No hay nadie –por «nadie» se había referido a su madre.

–Está bien... pero después volveremos a mi casa. Detesto este lugar. Supongo que Tina habrá escogido la decoración –había comentado con tono sardónico, mirando los sofás tapizados de rayas de cebra–. Es la demostración de que el dinero nunca logrará comprar el buen gusto.

El desdén que sentía hacia su madre resultaba evidente en su voz, con lo que Louise se sintió incómoda, pero luego él le sonrió y el momento de incomodidad desapareció. Nadaron un rato y se tumbaron después al sol. Louise le había rodeado el cuello con los brazos para tumbarlo encima de ella, cuando una voz estridente los obligó a apartarse:

–¿Qué diablos crees que estás haciendo? ¡Aparta las manos de mi hija!

Siete años después Louise aún podía oír a Tina chillando a Dimitri mientras se tambaleaba en el patio sobre sus altísimos tacones, agitando furiosa su melena rubio platino.

–Ya tenía bastante con que Kostas acortara nuestras vacaciones con sus excusas sobre esa reunión a la que necesitaba asistir en Atenas. Pero encontrarte a *ti* aquí, conquistando a Loulou, es ya lo último. No tienes derecho a estar aquí. Tu padre te prohibió entrar en la villa.

–No te atrevas a hablarme de derechos –Dimitri había reaccionado con una furia explosiva, levantándose de golpe y encarándose con Tina.

La discusión que siguió había sido horrible. Louise no había dicho nada; en cambio su madre había hablado más de la cuenta.

–¿Crees que no sé lo que se esconde en esa asquerosa y vengativa mente tuya? –le espetó Tina a Dimitri–. Es obvio que decidiste intentar seducir a Loulou para vengarte de mí... en nombre de tu madre.

–¡No! –la interrumpió Louise, desesperada–. Esto no tiene nada que ver contigo.

–¿Ah, no? –soltó una burlona carcajada–. ¿No te ha contado Dimitri lo de su madre? ¿Que tomó una sobredosis y me culpa ahora a mí de su muerte? ¿Tampoco te ha explicado que su padre lo ha desheredado por todas las veces que me ha insultado? –continuó Tina, implacable–. ¿Y que como ahora ya no está en disposición de heredar una fortuna, la mujer con la que iba a casarse lo ha abandonado? Esto tiene todo que ver conmigo, ¿verdad, Dimitri? Me odias a muerte, y el único motivo por el que te has acercado a mi hija es el de crearme problemas a mí.

Un escalofrío había recorrido la espalda de Louise al escuchar aquellas acusaciones. Intentó recordarse que su madre siempre había sido muy melodramática. Dimitri no podía haber simulado sentirse atraído hacia ella.

–Eso no es cierto, ¿verdad? –se volvió hacia él, pero dentro de su cabeza ya habían empezado a formarse las dudas. Ella no había sabido que su madre había muerto, y mucho menos las trágicas circunstancias de su fallecimiento. Ni una sola vez durante los últimos días se lo había mencionado.

Ella había pensado que habían sido amigos, y ahora también amantes. Pero Dimitri parecía haberse convertido en un desconocido de expresión hosca, y la frialdad de su mirada le heló la sangre.

—Sí, es cierto.

Su áspera voz rompió el silencio y, como una piedra arrojada a la piscina, sus palabras generaron ondas expansivas que reverberaron en la tensa atmósfera.

—Mi madre se quitó la vida porque le destrozó el corazón que mi padre se divorciara de ella, tirando por la borda el amor que habían compartido durante treinta años para enredarse con una fulana.

Miró desdeñoso a Tina, y acto seguido se volvió para marcharse sin pronunciar otra palabra. Ni siquiera miró a Louise: como si no existiera. Y ella asistió a su marcha paralizada de asombro y enferma de humillación, consciente de que para él no había sido más que un simple peón en su batalla contra su madre.

—¡No irás a decirme que te has enamorado de él! —le espetó Tina cuando reparó en su afligida expresión—. Por el amor de Dios, Lou, si hasta hace nada estaba comprometido con Rochelle Fitzpatrick, esa despampanante modelo americana que últimamente aparece tanto en las revistas de moda... No podía estar realmente interesada en ti. Como te dije antes, solo quiere causarme problemas. Hace un tiempo Dimitri me oyó comentar con Kostas las ganas que tenía de que estudiaras una buena carrera —continuó Tina—. Él sabía que me llevaría un disgusto si dejabas la universidad por tener una aventura con él. Imagino que pensaba que, si te rendías a su encanto, conseguiría volverte en contra mía. Y, por supuesto, su objetivo final era causar fricciones en mi relación con su padre.

Tina parloteaba implacable, indiferente a la angustiada expresión que se dibujaba en los ojos de su hija.

—Vuelve a la universidad y olvídate de Dimitri. Eres inteligente. Llegarás a algo en la vida. Tú no necesitas apoyarte en ningún hombre. Y, si sigues mi consejo, nunca te enamorarás como yo me enamoré de tu padre. Después de aquello, me juré a mí misma que nunca volvería a querer tanto a nadie.

Estremecida por aquella referencia a su padre, al que no había llegado a conocer, y traumatizada por la escena con Dimitri, Louise abandonó Eirenne en el lapso de una hora. No había esperado volver a verlo, pero cuando subió a la lancha de motor que había de llevarla a Atenas, se quedó sorprendida cuando lo descubrió acercándose rápidamente por el embarcadero.

–¡Loulou..., espera!

Vestido con una camiseta negra y unos tejanos desteñidos, estaba insoportablemente guapo. Solo entonces pensó Louise que debió de haber estado loca para haber creído que un hombre así habría podido sentirse atraído por alguien como ella. Abrumada por la inseguridad y las dudas sobre sí misma, ordenó al piloto de la lancha que arrancara. Dimitri echó entonces a correr.

–*Theos!* No te vayas. Quiero hablar contigo sobre lo que dije allá en la villa...

–Pero yo no quiero hablar contigo –replicó ella fríamente–. Me lo dejaste más que claro.

En aquel momento se había sentido una estúpida, pero por nada del mundo le habría dejado ver que le había roto el corazón. El motor de la lancha empezó a rugir, ahogando la respuesta de Dimitri. Mirando furioso cómo la barca abandonaba el embarcadero, le gritó algo. Pero ella no logró escuchar sus palabras por encima del bramido del viento, mientras procuraba convencerse de que no le importaba que no volviera a hablarle en su vida. En aquel momento, cuando abandonó Eirenne, no había podido imaginar que apenas unas semanas después experimentaría la urgente necesidad de hablar con él...

Louise se revolvió inquieta bajo las sábanas. Se levantó para apelmazar las almohadas y volvió a tumbarse, ansiando que cesara de una vez aquel bombardeo de recuerdos. Hasta que el cansancio la venció por fin, y su último pensamiento consciente fue que al cabo de unas pocas horas tendría que levantarse para trabajar. Debió de haber caído en un profundo sueño al principio, pero hacia el amanecer sobrevino la pesadilla. Corría por un largo pasillo. A uno y otro lado había habitaciones como de hospital, y en cada una un bebé en su cunita. Cada vez que entraba en una habitación lo hacía con la esperanza de que fuera la suya... pero siempre era el niño de otra madre el que la miraba.

Entró en la siguiente habitación, y en la otra, buscando con frenesí a su bebé. Casi había llegado al final del pasillo. Solo quedaba una habitación; aquella tenía por fuerza que ser la de su hijo. Pero la cuna estaba vacía... y de repente caía en la cuenta, aterrada, de que nunca encontraría a su bebé. Porque lo había perdido para siempre.

«Dios mío», exclamó para sus adentros mientras se sentaba de golpe en la cama, jadeando. Había pasado mucho tiempo desde la última vez que había tenido aquel sueño. Durante meses, tras el aborto que había sufrido apenas tres semanas después de descubrir que estaba embarazada de Dimitri, había soñado con que buscaba sin éxito a su bebé. Y cada vez se había despertado como en aquel mismo momento, transida de dolor por la nueva vida que durante tan poco tiempo había llevado en sus entrañas.

Volver a ver a Dimitri la víspera había despertado recuerdos profundamente enterrados en su subconsciente. Nunca le había contado a nadie lo del bebé, y se había esforzado por arrostrar sola aquel dolor. Quizá habría encontrado algún consuelo si hubiera sido capaz de confiar en alguien, pero su madre había estado totalmente absorbida por su relación con Kostas, y en cuanto a Dimitri... bueno, probablemente era preferible que nunca hubiera sabido que había concebido un hijo suyo.

Sin duda que se habría sentido horrorizado. Fuera como fuese, Dimitri se había negado a hablar con ella un día en que Louise había reunido el coraje suficiente para telefonearle con la intención de decirle que estaba embarazada. Una semana después, cuando finalmente él se dignó devolverle la llamada, ella le colgó. Para entonces, confesarle que había perdido a su bebé le había parecido algo inútil, sin sentido. De hecho, por aquellos días, la misma vida le había parecido absurda. Las semanas y meses siguientes a su aborto habían sido desesperadamente grises y deprimentes, y Louise no había deseado otra cosa que quedarse en la cama y esconderse del mundo.

Había procurado convencerse de que traer al mundo a un hijo sin padre no habría sido precisamente una perspectiva ideal. Sabía demasiado bien lo que era crecer sin uno. Pero incluso después de tanto tiempo, cada vez que veía a un niño de unos seis años de edad, se imaginaba cómo habría sido su hijo. Las lágrimas le anegaron los ojos y parpadeó para contenerlas.

—Al menos te tengo a ti —murmuró. Y la gata, que parecía poseer una intuición más allá de la comprensión humana, ronroneó dulcemente y frotó sus puntiagudas orejas de color chocolate contra su mano.

Capítulo 3

EN ESTE recorrido por el Louvre, podrán admirar algunas de las mayores obras maestras del mundo, como *Las bodas de Caná,* la *Venus de Milo* y, por supuesto, la *Mona Lisa.*

Louise guiaba al grupo de visitantes que se habían reunido en el inmenso vestíbulo del museo. Una de sus obligaciones laborales consistía en hacer visitas guiadas tanto en inglés como en francés, idioma que hablaba con fluidez. El grupo de aquella tarde parecía mayoritariamente formado por estadounidenses y japoneses.

—Si quieren seguirme, nos dirigiremos primero al ala Denon.

Por el rabillo del ojo distinguió una figura atravesando el vestíbulo y esperó, suponiendo que el hombre querría incorporarse al grupo. Pero cuando lo vio acercarse, el corazón le dio un salto mortal en el pecho. ¿Qué estaba haciendo allí Dimitri? El día anterior había sido el tercero desde que lo visitó en su despacho de Atenas. Para la medianoche, cuando seguía sin haber contactado con ella, había imaginado que había terminado decidiéndose en contra de comprar Eirenne.

El resto del grupo ya estaba subiendo las escaleras cuando Dimitri se detuvo frente a ella. El brillo de diversión de sus ojos verde aceituna le dijo que sabía que estaba sorprendida de verlo y, para su propio disgusto, se ruborizó como una colegiala.

—¿Querías verme? Estaba a punto de hacer la visita

guiada al museo, así que me temo que no podré hablar ahora mismo. Si quieres, dame tu número y te llamaré tan pronto me quede libre.

—Por mí no te interrumpas —le indicó que siguiera al grupo, y la acompañó mientras se dirigía hacia las escaleras—. Así que hiciste realidad tu sueño —murmuró.

Louise le lanzó una sobresaltada mirada. Estaba todavía más guapo en la vida real que en la imagen suya que había sido incapaz de desterrar de su mente durante los tres últimos días. Fue insoportablemente consciente de su gran altura y de su cuerpo musculoso mientras caminaba a su lado. Llevaba un traje sin corbata, con los primeros botones desabrochados de su camisa revelando la atezada columna de su cuello. La oscura sombra de barba acentuaba su peligroso atractivo.

—No entiendo lo que quieres decir.

—Recuerdo que estudiabas Historia del Arte en la universidad, y que me decías que tu ambición era trabajar en un museo.

—Seguro que te aburriría mortalmente con mis planes de trabajo.

—Puedo asegurarte que tú nunca me aburriste, Loulou —le dijo él con tono suave.

El uso del diminutivo la transportó a aquellos lejanos días. Evocó la antigua casa entre los pinos de Eirenne, la caricia del sol en la piel y a Dimitri susurrando su nombre mientras la tumbaba en la cama. Regresó bruscamente a la realidad.

—Por favor, no me llames así. Prefiero usar mi propio nombre, que no ese diminutivo infantil.

—Louise es ciertamente más elegante —repuso él—. Te sienta bien.

Dimitri giró la cabeza hacia ella y la sometió a un detenido escrutinio, reparando en su melena rubia recogida en un apretado moño en la nuca y en el estilo funcional de su uniforme azul marino. Tenía un aspecto pulcro y recatado, con el rostro libre de todo maquillaje, apenas un toque de carmín en los labios. Al contrario que la ocasión en que lo visitó en Atenas, ese día no iba vestida de *femme fatale*, pero la sencillez de su ropa no podía ocultar su innata sensualidad.

Incómoda por el brillo que distinguía en sus ojos, Louise apartó la mirada y aumentó la velocidad de su paso para poder alcanzar al grupo que iba delante.

—Bueno, después de licenciarme hice un posgrado en Museología, que incluía un destino de tres meses en el Louvre. Luego tuve la suerte de que me ofrecieran un puesto permanente —frunció el ceño cuando se le ocurrió algo—. ¿Cómo sabías que trabajaba aquí? Estoy segura de que no te lo dije.

—Hice que te investigara un detective.

—¿Que tú hiciste qué? —se detuvo en seco, fulminándolo con la mirada—. ¿Cómo te has atrevido a...?

—Es lógico —se encogió de hombros—. Necesitaba estar seguro de que eras la propietaria legal de Eirenne y que tenías derecho a venderla.

Era una explicación razonable, tuvo que reconocer Louise a regañadientes. Pero la idea de que un detective hubiera husmeado en su vida privada se le antojaba horrible. ¿Y si su sabueso había descubierto la enfermedad de su madre y que su única esperanza de supervivencia descansaba en un carísimo tratamiento en los Estados Unidos?

—Como no volví a saber de ti, ayer supuse que habías decidido no comprar Eirenne.

—Todavía no he tomado una decisión al respecto. Necesito algo más de tiempo.

Dimitri estaba claramente interesado en comprar la isla: de lo contrario, le habría dicho directamente que no había trato. La salvación de su madre, que apenas la víspera le había parecido fuera de su alcance, seguía constituyendo una posibilidad. Louise se apoyó contra la pared, esforzándose por recuperar la compostura, y no vio la intensa mirada que él le dirigió.

–Me enfurece tener que comprar algo que me corresponde por derecho de nacimiento –le dijo él con tono áspero–. Pero mis abuelos están enterrados en Eirenne, y mi hermana está ahora mismo consternada ante la perspectiva de perder la isla para siempre. Es más que nada por Ianthe que aún sigo considerando tu oferta, pero necesito más información respecto a la venta. Abordaremos los detalles esta noche, mientras cenamos.

No había perdido un ápice de su arrogancia, pensó Louise con tristeza. Habían llegado a la galería de la Grecia preclásica, donde se alzaban las antiguas esculturas sobre pedestales de mármol. El grupo de visitantes se había detenido, esperando a que Louise abriera el recorrido. Miró a Dimitri.

–No termino mi turno hasta las siete de la tarde.

–Nos encontraremos a las ocho y cuarto en La Marianne, en la *rue* de Grenelle. ¿Lo conoces?

Louise había oído hablar del selecto restaurante, que tenía la reputación de servir la mejor cocina francesa y a unos precios exorbitantes. No era un lugar que pudiera permitirse con su salario.

–Allí estaré –le confirmó–. Y ahora me temo que tendrás que disculparme.

Se giró en redondo para alejarse, luchando contra el poco habitual impulso de estallar en sollozos. Rara vez lloraba. Desde su aborto, pocas eran las cosas que le habían parecido lo suficientemente importantes como para llorar por ellas. Pero sus sentimientos parecían estar a flor de piel: volver a ver a Dimitri le había despertado dolorosos recuerdos. Deseó no tener que verlo de nuevo. Aunque quizá esa noche aceptaría comprarle Eirenne. La venta se tramitaría por sus abogados respectivos, él volvería a Grecia y tal vez, si se esforzaba lo suficiente, ella lograría olvidarlo. Sin embargo, aquella seguridad le sonaba tan hueca y vacía como sus propios pasos en el suelo de la galería.

Con una forzada sonrisa, se reunió con el grupo y dio comienzo a la visita guiada, llevándolos primero a ver las pinturas de la Gran Galería. Habitualmente disfrutaba con aquellas visitas, pero para su consternación vio que Dimitri se había sumado al grupo en lugar de abandonar el museo. No hizo ningún intento de hablar con ella, y pareció escuchar con atención sus explicaciones sobre las diversas obras.

Louise intentó ignorarlo para concentrarse en la visita, pero encontraba su presencia desconcertante. Sobre todo cuando, en el par de veces que miró en su dirección, descubrió que sus ojos verdes estaban concentrados en ella. De la Gran Galería llevó al grupo a la llamada Sala de los Estados, donde la enigmática expresión de la *Mona Lisa* se hallaba protegida detrás de un cristal antibalas. Se hizo a un lado mientras los visitantes se agrupaban en torno a la barrera de seguridad.

—Tengo que reconocer que la pintura más famosa del mundo es bastante más pequeña de lo que me había imaginado —murmuró Dimitri, irónico.

Louise se tensó cuando lo descubrió justo a su lado, aunque no pudo evitar sonreírse.

—No tienes idea de las veces que he escuchado esa frase. Espero que no te sientas decepcionado. La *Mona Lisa* es exquisita. Pero, personalmente, encuentro más interesante *Las bodas de Caná* —se volvió hacia la inmensa pintura que se exhibía en la pared opuesta—. Los colores son tan vivos que los personajes casi parecen saltar del lienzo.

—Te encanta tu trabajo, ¿verdad? Detecto la pasión en tu voz.

Algo en el tono de Dimitri hizo que el corazón le diera un vuelco en el pecho. «Pasión» era una palabra demasiado evocadora. Le despertaba recuerdos de lo que habían compartido en Eirenne.

–Me siento una privilegiada de poder trabajar en el Louvre –admitió. Pero me sorprende que hayas decidido incorporarte a la visita. ¿Te interesa el arte?

–He disfrutado escuchándote. Tienes la capacidad de contagiar a los demás tu entusiasmo por las obras de los grandes maestros.

La melodiosa voz de Louise y su impresionante conocimiento de las obras que albergaba el Louvre habían convertido la visita en una fascinante experiencia, pero, si Dimitri era sincero, había pasado más tiempo admirando a la atractiva guía que a las pinturas. Ni siquiera entendía lo que estaba haciendo allí, pensó irritado. Estaba interesado en comprarle la isla, pero en realidad se sentía intrigado por Louise. Volver a verla le había despertado recuerdos del breve tiempo que habían pasado juntos, y había llegado a París y pasado la última media hora mirando pinturas de gordos querubines cuando debería haber estado trabajando en el contrato ruso.

–Vengo a París frecuentemente por negocios, pero nunca había tenido tiempo de visitar el Louvre –miró su reloj y esbozó una mueca–. Lamentablemente, mi tiempo libre es muy escaso. Dentro de media hora tengo una teleconferencia y he de estar de vuelta en mi hotel.

–He oído que Kostas te nombró su sucesor al frente de Kalakos Shipping, pese a la amenaza que te lanzó de desheredarte –murmuró. Quiso preguntarle si había resuelto sus diferencias con su padre, pero no se atrevió a mencionar las amargas discusiones que habían tenido los dos a cuenta de la aventura con su madre.

–Sí. Fue toda una sorpresa, francamente. No lo había esperado. Ya sabes las diferencias que tenía con mi padre. Yo estaba decidido a abrirme camino sin su ayuda y monté mi propia empresa, con la que tuve éxito. Pero vendí Fine Living hará un año para poder concentrarme

en Kalakos Shipping. Dirigirla es una enorme responsabilidad: especialmente en este momento, cuando mi
país está experimentando tantos problemas económicos.
De ahí la importancia del contrato que actualmente estoy negociando.

–Dado que estás tan ocupado, ¿por qué no nos olvi-
damos de la cena? –Louise aprovechó al vuelo la oportunidad de evitar volver a verlo–. Tienes mi número de
teléfono: podrás llamarme una vez que hayas tomado
una decisión. No hay necesidad de que nos veamos esta
noche.

La súbita sonrisa de Dimitri transformó de golpe su
rostro de rasgos duros, y Louise experimentó una sensación de cosquilleo por todo el cuerpo.

–No estoy de acuerdo –el brillo de diversión de sus
ojos le advirtió de que había descubierto su treta para
evitarlo–. Hace siete años que no nos vemos, y ardo en
deseos de ponerme al día contigo... *Au revoir*, Louise...
Hasta la tarde –murmuró antes de abandonar la galería.

Louise se quedó viendo cómo se alejaba, y pensando
que sus palabras habían sonado más a amenaza que a
promesa.

No tardó Louise más de diez minutos en regresar a
su apartamento después que hubo terminado el trabajo.
Esa tarde llevaba prisa. Tan pronto como llegó a casa,
dio de comer a Madeleine y llamó al hospital para pre-
guntar por su madre, transmitiéndole a la enfermera el
recado de que la visitaría al día siguiente. Luego se du-
chó, se secó el pelo y se maquilló en un tiempo récord,
consciente de que solamente disponía de veinte minutos
hasta la cita con Dimitri. Al menos, escoger algo que ponerse no representó ningún problema. Su amigo y vecino Benoit, diseñador de profesión, le suministraba sus
deliciosas creaciones.

Un vestido de noche en particular le pareció conveniente para una cena en tan selecto restaurante. La sencilla banda de seda negra se ceñía a sus senos y caderas, para brillar en la caída de la falda con sus capas de volantes de tul. Era un diseño impresionante y, como ocurría con las creaciones de Benoit, extremadamente femenino y sensual. Louise casi perdió el coraje mientras se miraba en el espejo, advirtiendo la manera en que la fina tela parecía acariciar sus curvas.

Brevemente debatió entre dejarse el vestido o ponerse algo menos llamativo, pero el tiempo corría... o al menos esa fue la excusa que se puso a sí misma. Lo cierto era que desde que había vuelto a ver a Dimitri en Atenas, se había sentido una mujer diferente, nada sensata. Cada vez que pensaba en él, experimentaba un doloroso anhelo sexual que no había vuelto a sentir desde que tenía diecinueve años. Quizá se debiera a que Dimitri había sido su primer amante... su *único* amante.

Pero ¿qué era lo que ella pretendía transmitirle esa noche, llevando ese vestido? ¿Que era intensamente consciente de él, y que había vislumbrado un ávido brillo en sus ojos cuando se vieron en el Louvre? No podía responderse a sí misma, como tampoco explicarse el febril rubor que teñía sus mejillas. Resultaba más fácil dar la espalda al espejo y calzarse las sandalias negras de tacón de aguja a juego con el vestido. Un bolso plateado y un chal gris perla completaron su atuendo, y se apresuró a abandonar el piso. Salía del ascensor en la planta baja cuando chocó de bruces con el hombre que acababa de entrar en el portal.

—*Fais attention!* —le espetó el hombre, pero su ceño se despejó al reconocer a Louise. Tomándola de un hombro, la examinó con atención—. *Chérie,* estás divina con ese vestido.

Louise sonrió a Benoit Besson.

–Me alegro de que lo apruebes... teniendo en cuenta que es una de tus creaciones.

Una sonrisa relampagueó en el enjuto rostro de Benoit mientras se apartaba el largo flequillo negro de los ojos.

–Ahora entiendo por qué me llaman genio –murmuró, medio burlón–. ¿Adónde vas? No me digas que tienes una cita –pareció sorprendido–. Ya era hora. Eres demasiado hermosa para vivir tan sola. Necesitas un amante, *chérie*.

–Nunca necesitaré a ningún hombre –repuso Louise con firmeza. Años atrás se había prometido a sí misma que jamás imitaría a su madre. Tina siempre había necesitado un hombre en su vida, y como resultado había saltado de una desastrosa aventura a la siguiente.

Tuvo que recordarse, sin embargo, que Kostas Kalakos había sido mejor que la mayoría. Aparentemente había querido de verdad a Tina. Y se había portado muy bien con Louise las veces que ella se había quedado en Eirenne, durante sus vacaciones de verano. Pero no podía olvidar que había abandonado a su esposa por culpa de su aventura con Tina, un hecho que ciertamente Dimitri tampoco había olvidado.

–No será entonces una cita... –Benoit le lanzó una mirada especulativa–, pero con *ese* vestido solo puedes ir a ver a un hombre. No puedo negar que siento una gran curiosidad, *mon amie*.

–Voy a cenar con un amigo de hace años... un conocido, en realidad –Louise sintió que se ruborizaba–. Debo darme prisa o llegaré tarde.

–Que te diviertas –Benoit esbozó una sonrisa decididamente satisfecha–. Por la mañana volaré a Sídney, pero a mi regreso tendrás que contarme todo eso de la *no-cita*.

Su amistad con Benoit se remontaba a muchos años atrás. La abuela de Benoit había sido íntima amiga de

la suya, Céline, y Louise lo conocía de cuando era estudiante, antes de que hubiera tomado por asalto el mundo
de la moda. Era lo más cercano que tenía a un hermano.

–No hay nada que contar –le prometió, y se apresuró
a marcharse antes de que pudiera hacerle más preguntas.

Dimitri se había sentado en la barra de La Marianne,
para poder vigilar bien la puerta desde allí. Durante los
diez últimos minutos media docena de rubias luciendo
inevitables y exiguos vestidos negros habían entrado en
el restaurante, y todas ellas habían buscado contacto visual con él. Pensó que era cuestión de suerte que hubiera sido bendecido con unos rasgos faciales que las
mujeres encontraban atractivos, pese a que, de manera
cínica, sospechaba que su enorme fortuna habría pro-
ducido el mismo efecto aunque hubiera sido el jorobado
de Nuestra Señora de París.

Pidió una copa y volvió a mirar hacia la puerta. Esa
vez su atención se vio cautivada por la última rubia de
vestido negro que acababa de entrar. Llevaba el cabello
color miel recogido en un moño suelto en lo alto de la
cabeza, con algunos rizos enmarcando su delicioso rostro de corazón. Pese a lo lejos que se encontraba, podía
ver que sus ojos eran de un azul zafiro. Parecía como si
hubiera sido moldeada dentro de aquel vestido de seda
negra, que se ceñía a su perfecta figura, mientras que sus
largas piernas de medias negras veían acentuada su sensualidad con el aditamento de los altos tacones. Pese a
su intención de no dejar que Louise lo afectara, experimentó una violenta punzada de deseo que lo desgarró
como un cuchillo. Alzó su copa y apuró su whisky, aunque sus ojos parecían decididos a seguirla.

La mayor parte de las mujeres habrían combinado
su impresionante diamante en forma de flor de lis con
unos pendientes a juego, y quizá un anillo o una pulsera

también de diamantes, pero la decisión de Louise de no lucir ninguna otra joya la dotaba de una sutil elegancia. Dimitri reconoció la marca del diseñador en las dos letras B engarzadas en el bolso de Louise. Benoit Besson se había convertido en el preferido de la élite social europea. El vestido de Louise fácilmente habría costado más de cinco o seis mil libras, y sin embargo su trabajo como guía de museo no podía alcanzar un salario tan alto.

Repasó mentalmente los datos que su detective privado había recabado sobre ella. Hasta el momento tampoco había evidencia de amante rico alguno en la vida de Louise. Vivía sola, trabajaba, y socializaba ocasionalmente con colegas del museo. Pero, si no era la amante de algún tipo rico, ¿cómo podía permitirse lucir un vestido de Benoit Besson? ¿Y por qué de repente necesitaba dinero con tanta urgencia como para estar dispuesta a vender Eirenne por un precio tan bajo?

Había vacilado nada más entrar en el restaurante, pero en aquel momento miró en dirección a la barra y lo vio. Aunque estaba algo lejos de ella, Dimitri alcanzó a distinguir el súbito rubor que coloreó sus mejillas y experimentó una feroz punzada de satisfacción masculina. Se apartó de la barra para dirigirse a su encuentro.

–Louise, estás impresionante –se abstuvo de hacerle la pregunta: «¿Cómo diablos puedes permitirte un vestido que probablemente vale tanto como tu salario de un año?».

La zona del bar estaba atestada. Alguien chocó contra ella y Dimitri la sujetó del brazo cuando ya se tambaleaba sobre sus altos tacones. Sintió su piel como satén bajo sus dedos y su perfume, una sutil fragancia de flores, excitó sus sentidos. Sin detenerse a preguntarse por lo que estaba haciendo, se llevó su mano a los labios y le besó los nudillos. Oyó su leve jadeo y sonrió al verla ruborizarse: aquel detalle le recordó a la inocente joven que había conocido siete años atrás.

Pero ya no era una torpe jovencita. Era una mujer bella, y sin duda sexualmente experta. Sus miradas se encontraron, y pudo ver cómo se dilataban sus pupilas como si fueran oscuras, profundas pozas de agua. Casi fue un alivio que el maître apareciera en ese momento para informarles de que su mesa estaba lista. «Domínate», se ordenó Dimitri, impaciente e irritado porque no parecía ejercer control alguno sobre sus hormonas. No debía olvidarse de que, si estaba en ese momento allí, era por una única razón. La había invitado a cenar para hablar de negocios: concretamente sobre la posibilidad de que terminara comprándole la isla griega que había pertenecido a su familia. Recordó el estupor que había sentido cuando se enteró de que su padre había dejado Eirenne a su amante. Dimitri odiaba a Tina Hobbs con toda su alma, pero nunca había tenido motivos para odiar a su hija. De hecho, lejos de disgustarle, se había sentido cautivado por ella siete años atrás. Habían sido amantes, pero habían compartido algo más que sexo.

Sorprendido por pensamientos en los que hasta ese momento nunca se había molestado en analizar, miró de reojo a Louise mientras seguían al camarero hasta su mesa. Y fue en ese momento cuando descubrió que ella lo estaba mirando con una desprevenida expresión que le hizo desear olvidarse de la cena, olvidarse de todo excepto de la candente ansia de levantarla en brazos y llevársela al hotel más cercano.

Capítulo 4

HABÍA una botella de champán enfriándose en el cubo de hielo. La cubertería de plata resplandecía a la luz de las velas que se alzaban en el centro de un arreglo de rosas blancas. Louise intentó concentrarse en la delicadeza de aquellos detalles, pero lo único que podía ver en su mente era la mirada de abrasador deseo que le lanzó Dimitri cuando le sacó la silla para que se sentara.

–¿Champán, *mademoiselle*?

–Oh. *Oui, merci* –contestó distraídamente al camarero, que le llenó la alta copa.

El camarero rodeó la mesa para llenar la de Dimitri y les presentó luego un menú antes de dejarlos finalmente solos.

–Creo que se impone un brindis por los viejos amigos.

«Amigos». Louise experimentó una punzada de dolor cuando recordó aquellos alegres y relajados días en la isla paradisíaca. Había creído que eran amigos... hasta que su madre destruyó sus ilusiones sobre las motivaciones de Dimitri. Ninguna de ellas había sido real. Ni la amistad... ni la pasión. Dimitri la había seducido deliberadamente, seguro de que sus actos enfurecerían a su madre. ¿Cómo podía ahora tener el descaro de brindar por su amistad cuando todo había sido una mentira?, se preguntó desolada.

Pero carecía de sentido hurgar en el pasado cuando probablemente no volvería a verlo después de aquella noche. De alguna forma se las arregló para sonreír y chocó su copa.

—Por los viejos amigos.

Sentía seca la garganta y las palabras brotaron con un ronco murmullo. Bebió un largo trago de champán y sintió el cosquilleo de las burbujas en la lengua.

—Dijiste que podrías estar interesado en comprar Eirenne. ¿Hay alguna información que pueda darte para apoyar tu decisión?

—Hace siete años que no piso la isla, pero guardo muchos recuerdos de ella. ¿Ha cambiado mucho? Espero que Tina no haya cometido demasiados destrozos.

—Por supuesto que no –Louise saltó instintivamente en defensa de su madre–. ¿Qué te imaginas que habría podido hacer?

—Cuando mi padre estaba vivo, intentó persuadirlo de que edificara un club nocturno o un casino, para poder celebrar fiestas privadas en lugar de viajar a las islas más grandes en busca de entretenimiento –contestó secamente.

—Oh –Louise esbozó una mueca–. Bueno, pues no ha hecho nada de eso. En realidad no ha vuelto a la isla desde la muerte de Kostas –vaciló, para añadir luego con voz ronca–: Sé que piensas que Tina solo estaba interesada en tu padre porque era rico, pero yo creo que lo amaba de verdad.

—La única persona a la que ha amado Tina Hobbs es ella misma. Incluso tú deberías admitir que no es una buena madre. Sé que pasaste la mayor parte de tu infancia abandonada en internados mientras ella se daba la gran vida, flirteando con ricos imbéciles. Mi padre fue el mayor imbécil de todos, y yo lo culpo a él tanto como a Tina de haberle roto el corazón a mi madre.

Añadió algo entre dientes y recogió su carta de menú, mientras que Louise hizo lo mismo, sosteniéndola frente a sí para no tener que soportar su furiosa mirada. La tensión parecía hervir en el aire. Bebió otro sorbo de champán y acogió con alivio la leve sensación de aturdimiento que le producía el alcohol. La velada estaba a punto de desembocar en un desastre.

—Louise, lo siento —pronunció de pronto él con voz ronca—. Lo último que quería era desenterrar viejas historias que nada tienen que ver con nosotros. La relación de mi padre con tu madre nunca ha sido asunto nuestro.

—¿Cómo puedes decir eso? Tú culpas a Tina...

—Lo que yo pueda sentir hacia ella es irrelevante —insistió—. Mira... —se inclinó sobre la mesa, mirándola fijamente—. Yo no quiero discutir contigo, *pedhaki mou* —lo que quería realmente hacer era rodear la mesa y estrecharla en sus brazos: sentir su cuerpo apretado contra el suyo mientras se apoderaba de sus labios, según reconoció para sus adentros—. Lo que me gustaría hacer —dijo con tono suave— es olvidar el pasado y hacer como si acabáramos de encontrarnos. Imaginar que somos dos desconocidos, cenando en París mientras intentamos conocernos mutuamente. ¿Qué dices?

Louise no podía apartar la mirada de su rostro. Estudió sus pómulos cincelados y su cuadrada mandíbula y ansió deslizar los dedos por su leve sombra de barba, delinear el sensual contorno de su boca. Aquella cariñosa expresión que había utilizado, *pedhaki mou*, había debilitado sus defensas. Si hubiera sido sensata, habría insistido en hablar únicamente de la venta de la isla, para marcharse tan pronto hubieran terminado de cenar. Pero, en lugar de ello, se oyó a sí misma responder:

—De acuerdo. Supongo que estaría bien cenar en un ambiente relajado... y ahorrarnos así una posible indigestión.

—Bien —advirtió que la expresión de temor de los ojos de Louise había desaparecido.

Miró la larga carta de menú escrita en francés y decidió que necesitaba un traductor.

–¿Te importaría ayudarme a elegir? Hablo francés mínimamente bien, pero no soy tan bueno leyéndolo.

–Sí, claro –el corazón le dio un vuelco al ver su triste sonrisa, que le hizo parecer más humano. Quizá no fuera tan arrogante como había creído en un principio. Estudió el menú–. Será mejor que no pidas *moules à la crème,* o *coquilles Saint Jacques.* Supongo que seguirás teniendo alergia al marisco...

–Sí, pero me sorprende que todavía te acuerdes.

Louise se ruborizó y se maldijo para sus adentros por haberle dejado entrever que no había olvidado absolutamente nada sobre él durante los siete últimos años.

–Resulta curioso la cantidad de detalles nimios que retiene nuestra memoria –murmuró–. Una vez leí una crítica de cocina recomendando la especialidad de La Marianne: solomillo con salsa de rábanos picantes –añadió, apresurándose a cambiar de tema.

–Suena bien. Me acercaré a ti para que puedas traducirme los otros platos.

Antes de que ella pudiera objetar algo, Dimitri había movido su silla para sentarse junto a ella, tan cerca que le rozaba un muslo con el suyo. Louise permaneció mirando fijamente el menú mientras se esforzaba por ignorar el pensamiento de que bastaba con que girara la cabeza para que sus labios quedaran a solo unos centímetros de su boca.

El penetrante aroma de su loción tentaba sus sentidos. Sintió un escalofrío en la piel del brazo cuando rozó la manga de su chaqueta. Y, al bajar la mirada, quedó mortificada al ver que se le habían endurecido los pezones, dibujándose provocativamente bajo la seda de su vestido. Apresuradamente empezó a explicarle las diversas opciones del menú, pero la voz le salió de nuevo como un embarazoso susurro. Fue un alivio cuando apareció el camarero para pedirles la orden y Dimitri volvió a sentarse frente a ella.

–¿Cuánto tiempo llevas viviendo en París? –le preguntó él mientras le rellenaba la copa.

–Cuatro años. Pero siempre he sentido París como mi hogar. Mi abuela solía vivir cerca del Sagrado Corazón, y de niña pasaba las vacaciones con ella.

–¿Era la madre de tu padre? –inquirió Dimitri, asombrado.

–No, mi *grand-mère,* Céline, se casó con mi abuelo, Charles Hobbs, y vivieron en Inglaterra, donde nació mi madre. Pero cuando mi abuelo murió, ella volvió a París –de manera inconsciente, su mano había empezado a acariciar el diamante en forma de flor de lis conforme pensaba en su querida abuela. En muchos aspectos Céline había sido una madre para ella, que no Tina, y seguía echándola de menos.

Llegó el primer plato, y la conversación se interrumpió mientras los camareros se afanaban en torno a la mesa. En un determinado momento, Dimitri frunció el ceño cuando vio la expresión levemente nostálgica de Louise mientras acariciaba su colgante. ¿Estaría pensando en la persona que se lo había dado? ¿Un amante rico, quizás? Comió de manera automática, sin saborear. Como él, Louise tampoco parecía muy interesada por la comida, y apenas picó los entremeses y el primer plato. La miró, y sintió que algo se enroscaba en sus entrañas cuando la sorprendió observándolo.

–Debes de conocer muy bien París, dado el tiempo que llevas aquí –murmuró él.

–Es una ciudad muy bella. Tú dijiste que venías a menudo por negocios. ¿Has hecho mucho turismo?

–Solo el de las instalaciones del hotel y de la compañía –respondió irónico.

–Es una pena. Deberías hacer un recorrido en el bus turístico. O en el barco que recorre el Sena.

–Quizá lo haga. Pero necesitaría un guía... alguien

que conociera bien París y estuviera familiarizado con su historia –la miró fijamente–. ¿Estarías interesada?

Quizá fuera un efecto de la luz de las velas, pero le pareció advertir un brillo de malicia en los ojos de Dimitri, y Louise tuvo la impresión de que su pregunta contenía un doble significado. ¿Sería su hiperactiva imaginación, después de todo el champán que había bebido?

–Supongo que tendrás que volver pronto a Grecia –dijo bruscamente.

–Me marcho mañana. Pero aún disponemos de esta noche –Dimitri abandonó por un momento su *entrecôte hongroise* y le tomó una mano por encima de la mesa. Sintió el leve temblor que la recorrió y aumentó un tanto la presión para evitar que retirara los dedos–. Tengo entendido que la vista desde lo alto de la Torre Eiffel de noche es espectacular.

Louise encontraba especialmente difícil concentrarse con el pulgar de Dimitri acariciándole el pulso, que latía frenéticamente en su muñeca.

–¿Tú... tú quieres subir a la Torre Eiffel? –preguntó con voz trémula.

«No exactamente», pensó Dimitri, pero se negaba a dar por terminada la velada. Tenía la sensación de que Louise rechazaría una invitación a ir a un club nocturno. Parecía inquieta de nuevo, aunque ignoraba por qué, y su intuición le decía que, una vez que acabaran de cenar, ella se despediría sin más. No quería dejarla marchar. Quería pasar más tiempo con ella, llegar a conocerla mejor. De acuerdo: si era sincero consigo, quería despojarla de aquel tentador vestido negro de seda y besar sus senos desnudos antes de deslizar los labios por su vientre, y más abajo... Aspiró profundo y se concentró en intentar persuadirla de que pasara el resto de la noche en su compañía.

–Confieso que me haría ilusión subir, sí... aunque en ascensor, claro.

–Me parece sensato, dado que hay más de un millar de escalones –repuso ella.

–Entonces, todo arreglado. ¿Pero primero te apetece tomar un postre... o más champán?

–No, gracias –se apresuró a asegurarle Louise. Su apetito había desaparecido y había tenido que obligarse a comer. En cuanto al champán... había bebido ya demasiado. Esa tenía que ser la explicación de que se sintiera tan extraña, como si las burbujas hubieran reventado en su interior para llenarla de una salvaje, temeraria energía.

Pero en el fondo sabía que era Dimitri, y no el champán, el responsable de que sintiera tan extremadamente sensibles todas y cada una de las terminales nerviosas de su cuerpo. Se sentía ferozmente viva, y tan intensamente consciente de él que durante toda la comida no había dejado de mirarlo, embebiéndose de sus hermosos rasgos. Fue un alivio cuando abandonaron el restaurante y pudo por fin aspirar varias bocanadas de aire, agradecida de la leve brisa que refrescó su rostro acalorado. La Torre Eiffel presidía el perfil de la ciudad, iluminada su gigantesca estructura por enormes focos que parecían bañarla en oro contra el cielo negro.

La famosa torre era una popular atracción, incluso a aquellas horas de la noche, y había una corta cola esperando en el ascensor. La joven pareja que tenían delante parecía haberse dejado arrastrar por la romántica atmósfera de la ciudad, abrazándose con pasión. «Debe de ser maravilloso estar enamorada», pensó con una punzada de nostalgia. La irrefrenable pasión de aquella pareja le recordó aquellos pocos días en Eirenne, años atrás, cuando Dimitri la besó con un ansia feroz y ella respondió de igual modo. Asaltada por un ardiente calor, descubrió que no podía dejar de mirarlo: ni a él ni a la pareja que continuaba besándose. Desesperada, miró al suelo como si estuviera repentinamente fascinada por el asfalto bajo sus pies.

Subieron en el ascensor hasta la segunda planta, y tomaron después otro que los llevó a lo alto de la torre. Pudo oír como Dimitri contenía el aliento cuando salieron a la pasarela.

–Espero que no tengas vértigo. Estamos a algo menos de trescientos metros de altura.

Dimitri se echó a reír.

–Es como si estuviéramos en el cielo. La vista es impresionante –se acercó a ella y miró a través de la red de alambre que protegía la pasarela–. ¿Eso de allá abajo es el Arco de Triunfo?

–Sí. Las luces de la ciudad brillan como joyas, ¿verdad? Me encanta ver cómo se reflejan en el río.

La vista nocturna de París quitaba el aliento. Pero existía otra razón para que le resultara tan difícil respirar. Los otros visitantes que habían subido hasta allí se habían retirado hacia el otro lado de la torre, y en aquel momento eran como si Dimitri y ella estuvieran completamente solos en la cumbre del mundo. Nunca en toda su vida se había sentido tan consciente de un hombre. La brisa sopló con mayor fuerza y el aire refrescó. El gesto que hizo al cubrirse los hombros con su chal llamó la atención de Dimitri.

–¿Tienes frío? ¿Quieres mi chaqueta?

–No, estoy bien.

–Mentirosa –la acusó con tono suave–. Estás temblando.

Con la oscuridad no podía ver su expresión, pero sí que podía sentir su intensa mirada. Las luces de París resplandecían en toda su plenitud, pero para ella no existía más que el calor de los ojos de Dimitri.

–Ven aquí.

Su voz, súbitamente ronca y profunda, le acariciaba los sentidos. Se quedó sin aliento y fue incapaz de moverse cuando Dimitri deslizó un brazo por sus hombros y la atrajo hacia su pecho. El calor de su cuerpo la envolvió de inmediato. Pudo sentir su corazón latiendo al mismo ritmo frenético que el suyo mientras alzaba la mirada hacia él.

Dimitri murmuró algo entre dientes. Llevaba toda la tarde queriendo besarla, y en aquel instante la tentación de sus húmedos labios entreabiertos resultaba imposible de resistir. Bajó la cabeza y se detuvo a unos pocos centímetros: allí permaneció durante unos segundos que se hicieron eternos, mezclándose sus alientos. Finalmente se apoderó de su boca en una caricia ligera como una pluma, lentamente al principio, con ternura. Sabía a champán, y la sensación de sus dulces labios bajo los suyos le aceleró insoportablemente el pulso.

Louise ahogó un gemido y se tensó, pero él la retuvo con fuerza al tiempo que la atraía inexorablemente hacia sí. Una candente excitación lo atravesó de parte a parte cuando ella abrió la boca para franquear el paso a su lengua. Lava ardiente corría por las venas de Louise, llenando su cuerpo de un delicioso calor. Sentía los senos hinchados y pesados, y un cosquilleo en los pezones aplastados contra el pecho de Dimitri. Era consciente de la pulsante sensación que sentía en el fondo de su pelvis: un sordo dolor que la empujaba a presionar las caderas contra sus muslos duros como piedras.

Dimitri continuaba besándola, deslizando ávidamente su boca sobre la suya, reclamando una respuesta que ella le proporcionaba sin resistirse. «Estúpida», la acusó una voz interior. «¿Dónde esta tú orgullo?». Pero ignoró la voz para enterrarla en lo más profundo de su mente conforme su cuerpo capitulaba ante aquella exquisita seducción, y deslizó los brazos por sus hombros, temblorosa, cuando él profundizó el beso.

Varias voces rompieron de pronto la magia del momento y Louise regresó de golpe a la realidad. La gente se dirigía hacia ellos por la pasarela. Se apartó de Dimitri, jadeando, y se tocó la boca inflamada con los dedos. ¿En qué había estado pensando? Durante toda la velada la habían estado hostigando los recuerdos de su breve aventura de años atrás, pero ello no era excusa para que se hubiera lanzado a sus brazos. La vida había cambiado, evolucionado... ella había evolucionado... y el pasado era ya historia.

–No debiste haber hecho eso –susurró, consternada al descubrir que aún estaba temblando.

–Pero tú no me has detenido.

Le brillaban los ojos y su sonrisa era levemente burlona. Pero la mano con que le apartó dulcemente un mechón de la mejilla tembló un tanto, y Louise descubrió sobresaltada que estaba teniendo tantos problemas como ella para dominar sus emociones.

–Deberíamos irnos –le dijo él con la voz súbitamente tensa, las manos a los costados.

Ninguno de los dos dijo nada mientras el ascensor descendía. Era casi medianoche, según pudo ver Louise cuando miró su reloj. Se alegró cuando Dimitri paró un taxi. Seguía consternada por aquel beso, mortificada solo de recordar su propia reacción. Debería haberle dado el gran chasco, conservado su dignidad. Pero, en lugar de ello, se había derretido en sus brazos como si hubiera pasado aquellos siete últimos años echándolo de menos... Apenas habían hablado de la venta de Eirenne, pensó mientras miraba por la ventanilla del taxi. ¿Por qué no se había ceñido a ese tema durante la cena? ¿Y qué era lo que la había movido a aceptar acompañarlo a lo alto de la Torre Eiffel, cuando sabía perfectamente que era uno de los lugares más románticos de París, la ciudad de los amantes?

El taxi se detuvo y ella salió después de Dimitri. Frunció el ceño cuando se dio cuenta de que no estaban en su apartamento... que era a donde supuestamente habrían debido dirigirse. Miró la inmensa entrada del famoso hotel y luego a él, con expresión interrogante.

–¿Quieres que tomemos una copa? Así podremos continuar con nuestra conversación sobre la posibilidad de que compre Eirenne.

Persuadirlo de que comprara la isla era lo único importante: la única posibilidad realista de salvar a su madre. Y sin embargo Louise sabía que sería el colmo de la estupidez aceptar su invitación. El brillo de los ojos de Dimitri se oscureció. Le tomó la mano y se la llevó a la boca, rozándole los nudillos con los labios.

–¿Vienes conmigo? –murmuró con una voz tan rica y sensual como el chocolate fundido.

Finalmente renunció a luchar consigo misma y asintió con la cabeza, más allá de las palabras, más allá de las restricciones del sentido común. Dimitri pagó al taxista y, sin soltarla de la mano, entró con ella en el hotel. Louise apenas distinguió una vaga imagen del opulento vestíbulo: elegantes columnas, suelos de mármol y lujosos dorados. Entraron en el ascensor. Momentos después llegaban a la última planta y recorrían un corto pasillo hasta que él se detuvo para hacerle entrar en la suite.

–Bonita habitación –murmuró, desesperada por romper el silencio. La suite estaba decorada en tonos grises, desde la moqueta de terciopelo claro hasta el papel de seda de las paredes, con sofás llenos de cojines y muebles de un apagado azul celeste. A través de una puerta abierta, vio que la gama de colores se repetía en el dormitorio, pero la vista de la gran cama de dosel le hizo apartar rápidamente la mirada.

–Paso demasiado tiempo en los hoteles para poder apreciarlos –Dimitri se quitó la chaqueta y la dejó sobre un brazo del sofá antes de acercarse a la barra de las bebidas. Tomó dos vasos, los llenó y volvió sobre sus pasos para entregarle uno a Louise–. Cointreau –explicó.

Realmente no necesitaba tomar más alcohol, pero le pareció más seguro beber la copa que establecer contacto visual con Dimitri.

–Por favor, toma asiento –le señaló el sofá de dos plazas.

Louise lo miró paralizada, y se imaginó a sí misma hundiéndose en aquellos cojines con Dimitri sentado demasiado cerca. «No tenía que haber venido», pensó frenética. Se sentía impotente, como una mosca atrapada en una telaraña. Su copa aún estaba medio llena. No deseando parecer grosera, apuró el resto.

–Mira, se está haciendo tarde. No creo que pueda decirte mucho más sobre Eirenne. No he vuelto a la isla desde que nosotros... –vaciló cuando los recuerdos de la apasionada noche que habían compartido asaltaron su mente–, desde que hace siete años estuvimos allí. ¿Serás tan amable de telefonearme cuando hayas tomado una decisión? –el pánico le hacía hablar demasiado rápido–. Gracias por la cena. Te marchas mañana, así que supongo que no tendremos oportunidad de vernos de nuevo –terminó con voz ahogada.

–¿De veras crees que podrás dejarme así sin más? –murmuró él con voz ronca.

Louise lo miró entonces y perdió el aliento cuando distinguió el brillo de su verde mirada. El tiempo se detuvo. El corazón le latía con tanta fuerza que amenazaba con romperle las costillas. Dimitri apuró su copa y la dejó sobre la mesa. Ella esperó, apenas capaz de respirar mientras lo veía acercarse con gesto decidido.

–Louise –le dijo con una voz baja y sensual que le puso la carne de gallina–. Ven conmigo, *pedhaki*.

Una llamada de advertencia resonó en su cerebro, pero quedó ahogada por el estruendoso latido de su propio corazón. Soltando un pequeño grito, se lanzó a sus brazos. Y el mundo explotó.

Capítulo 5

L A HABITACIÓN basculó cuando Dimitri la levantó en brazos y se dejó caer en el sofá, sentándola sobre su regazo. De inmediato se apoderó de sus labios en un candente beso que destruyó cualquier idea que hubiera podido tener Louise de resistirse. Eso era lo que había ansiado durante toda la velada, reconoció para sus adentros. Ningún hombre la había excitado nunca tanto como Dimitri, y carecía de protección alguna contra el sensual asalto de sus labios y el audaz empuje de su lengua mientras exploraba su boca con ávida pasión.

Sus manos viajaron febriles por su cuerpo y recorrieron su espalda antes de que la tomara de la nuca y le inclinara la cabeza hacia atrás para poder profundizar el beso. El gesto resultó de un erotismo escandaloso. Alzando la otra mano hasta su hombro, deslizó un dedo bajo el delgado tirante de su vestido y se lo fue bajando lentamente, desnudando un seno.

Sintió la frialdad del aire en su piel desnuda, compensada por el cálido contacto de la mano de Dimitri al cerrarse posesivamente sobre su pecho. Una exquisita sensación la atravesó como una flecha cuando él deslizó los labios a lo largo de su cuello y encontró el pulso que latía frenéticamente en su base. El roce de su pulgar en su sensibilizado pezón le hizo contener el aliento.

Estaba ardiendo de deseo. Un húmedo calor se empozaba entre sus piernas y soltó un pequeño y desesperado gemido cuando Dimitri introdujo una mano bajo el borde del vestido, para acariciar sus temblorosos muslos. Sus dedos fueron subiendo cada vez más, acercándose al lugar que tanto ansiaba su contacto. Se encontraba perdida en un turbulento mar de sensaciones en el que nada importaba salvo seguir los dictados de su propio cuerpo.

Dimitri descubrió la piel desnuda que asomaba por encima del elástico de encaje de la media y soltó un gruñido primario, gutural. Fue un crudo sonido que pareció disparar una corriente de deseo al rojo vivo en el interior de Louise. Casi al momento su mano estaba allí donde se juntaban sus muslos, y apartó el borde de la braga para poder acariciar la húmeda hendidura.

Louise se echó hacia atrás hasta quedar medio tendida sobre sus rodillas, con la cabeza apoyada en los cojines. Al bajar la mirada, vio la blancura de su seno desnudo y debajo la negra seda arrugada del vestido. El pezón estaba tenso y erecto, y se estremeció de expectación cuando lo vio bajar la oscura cabeza. La sensación de sus labios cerrándose sobre la dura punta le provocó pequeñas explosiones de placer por todo el cuerpo. Perdida en aquella tormenta de sensaciones, se retorció en su regazo al tiempo que sentía la sólida presión de su miembro bajo sus nalgas.

De manera inconsciente entreabrió un tanto los muslos, facilitando que Dimitri pudiera introducir un dedo en su femenino calor. El hecho de sentirlo dentro de ella la colocó de inmediato al borde del orgasmo, y arqueó la espalda para que pudiera hundirse más profundamente, jadeando cuando su pulgar friccionó ligeramente contra su clítoris.

Aquello era lo que había querido hacer desde que Louise regresó a su vida cuatro días atrás, reconoció Dimitri para sus adentros. Desde que se presentó en su despacho de Atenas, espléndida sirena de minifalda roja, había fantaseado con la idea de tenderla sobre su escritorio y hacerle el amor con urgente pasión. Durante los siete últimos años, Louise había habitado la periferia de su mente como una persistente melodía. Pero la mujer de carne y hueso era mil veces más hermosa que la imagen que de manera ocasional se había infiltrado en sus pensamientos.

Le habría gustado llevarla al dormitorio y desnudarla con lentitud, tomarse su tiempo para explorar cada centímetro de su delicioso cuerpo antes de sumergirse en una prolongada sesión sexual. Pero lo cierto era que los pequeños gritos de deleite que soltaba Louise mientras él le proporcionaba placer con los dedos le estaban haciendo perder rápidamente el control. La oía respirar pesadamente al tiempo que giraba a uno y otro lado las caderas, inquieta, para afirmar bien sus nalgas contra el duro miembro que pulsaba de manera insoportable bajo su pantalón. Dimitri experimentó una inesperada punzada de ternura cuando contempló su ruborizado rostro, con los mechones húmedos que cubrían sus mejillas. Dominó su propio deseo para concentrarse en provocarle el orgasmo, moviendo los dedos a mayor velocidad a la vez que capturaba con la boca su pezón duro como una piedra, acariciándolo con la lengua.

Louise soltó un grito de éxtasis y tembló convulsivamente mientras sus músculos internos se tensaban y relajaban alternativamente, presa de sucesivos espasmos que la dejaron estremecida. Tenía la cabeza echada hacia atrás, la melena dorada derramada sobre los cojines, y Dimitri no pudo evitar reclamar sus labios entreabiertos con un voraz beso. Fue entonces cuando recordó la desinhibida reacción que ella había exhibido en Eirenne. El sexo con Louise había sido algo increíble.

–*Ise panemorfi* –murmuró con voz ronca. Era tan hermosa... Estaba impaciente por hundir su erección en su aterciopelada suavidad.

Agarró el borde de su vestido para subírselo hasta la cintura. Hasta que descubrió que lo estaba mirando con una expresión de horror en los ojos, y le sujetaba la muñeca para evitar que le alzara la falda.

—¿Qué pasa, *glikia mou*? —le preguntó, respirando con fuerza mientras luchaba por mantener el control.

—¡Oh, Dios mío! ¿Qué estoy *haciendo*? —musitó Louise, sin darse cuenta de que había pronunciado las palabras en voz alta.

El sonido de la voz de Dimitri había rasgado la telaraña de sensualidad en que la que había estado envuelta, y la realidad había asomado su desagradable cabeza. Se miró, recostada como estaba sobre las rodillas de Dimitri con las piernas abiertas y un lateral del vestido bajado hasta la cintura, revelando un seno desnudo. Su excitado y enrojecido pezón parecía burlarse de ella, con lo que se vio barrida por una marea de desprecio hacia sí misma. *Ise panemorfi...* Dimitri había murmurado aquellas mismas palabras en Eirenne, y el recuerdo de su breve aventura, con sus mentiras, le hizo sentirse enferma de vergüenza. Dimitri entrecerró los ojos, para pronunciar con voz perfectamente controlada:

—Lo que estamos haciendo apenas requiere una explicación, ¿no te parece? —murmuró—. Quiero hacerte el amor, y presumo por tu reacción que tú también lo deseas.

Un ardiente rubor tiñó de golpe el pálido rostro de Louise ante aquel recordatorio de lo estúpida que había sido. Con dedos temblorosos, volvió a subirse el tirante del vestido y se levantó de su regazo, tambaleándose.

—Me invitaste aquí para hablar de Eirenne —le recordó, estremecida. Le aterraba que durante unos enloquecidos minutos se hubiera olvidado del motivo por el cual había aceptado su invitación a acudir a su hotel. Sin el tratamiento especializado en los Estados Unidos, su madre moriría—. ¿Has tomado una decisión? —le preguntó.

—Aún no —respondió Dimitri con tono cortante, esforzándose por disimular la irritación que le había pro-

ducido que Louise interrumpiera tan bruscamente aquel
interludio para pasar a hablar de negocios. Le costaba
pensar en cualquier otra cosa que no fuera su propia y
candente necesidad.

Las dudas lo asaltaron. ¿Sería Louise una de aquellas mujeres a las que les gustaba provocar a los hombres? Había conocido a unas cuantas: mujeres calcula-
doras que usaban sus favores sexuales como medio de
conseguir joyas o vestidos caros. Se la quedó mirando con
creciente furia.

—Todavía no me has explicado por qué estás tan deseosa de vender la isla... y de desprenderte de ella por un
precio tan bajo —mientras bajaba la mirada al colgante de
diamante que brillaba entre sus senos, no pudo evitar
concebir una desagradable sospecha—. ¿Por qué necesitas
tanto dinero y con tanta urgencia? ¿Estás endeudada?
—ignorando su enérgica negativa, continuó implacable—:
Encuentro difícil de creer que tu salario como guía de museo pueda pagarte una joya y un vestido como los que
llevas.

—El vestido es un regalo —explicó fríamente Louise—.
Y te aseguro que no tengo deudas.

Su acusación la había enfurecido, pero el brillo de
dureza de sus ojos la advertía sobre la inconveniencia
de eludir el asunto de los motivos que tenía para vender
Eirenne. Estaba pisando un terreno peligroso, porque
no podía permitir que descubriera que necesitaba el dinero para su madre. Se lo quedó mirando con fijeza, re-
buscando frenéticamente en su cerebro alguna razón
creíble que explicara su oferta de venta.

—Admito que hay algunas cosas que necesito pagar
—murmuró—. Quiero liquidar mi crédito universitario.
Mi coche tiene diez años y en el taller ya me han avi-
sado de que no pasará otro invierno —ambas afirmacio-
nes eran ciertas, pero escondían su verdadera prioridad.

«¿No pudiste convencer al amante que te regaló ese

vestido de que te comprara un coche nuevo?», quiso preguntarle Dimitri, sombrío. La propia Louise le había confirmado sus sospechas. Evidentemente formaba parte de la clase de mujeres dispuestas a venderse por un beneficio personal... al igual que había hecho su madre. Intentó decirse que era estúpido sentirse sorprendido o decepcionado. En muchos aspectos eso facilitaba las cosas. Levantándose del sofá, se plantó frente a ella y se sonrió al ver el temblor que la recorrió.

–Así que tienes razones económicas que explican lo desesperada que estás por vender la isla –murmuró–. ¿Por qué no me lo dijiste desde el principio?

–No estoy desesperada –mintió estremecida, mordiéndose el labio inferior cuando la imagen del enflaquecido rostro de Tina asaltó su mente.

–¿Ah, no? –con gesto distraído, Dimitri alzó una mano para enredar uno de sus dorados rizos en su dedo–. ¿Me estás diciendo entonces que no has subido a mi suite con la esperanza de persuadirme de que te compre Eirenne?

Louise se tensó, consternada. ¿Qué habría querido decir con «persuadir»? ¿Acaso pensaba que ella...? El brillo que veía en sus ojos verdes le aceleró el corazón.

–Porque, si es así, yo estoy bien dispuesto a que me persuadas, *glikia mou* –añadió en un susurro.

Había bajado la voz. Una voz tan suave y profunda que parecía acariciarle la piel y envolverla en un manto de terciopelo, atrayéndola como un imán. Louise no podía dejar de mirarlo, y volvió a perder el aliento cuando Dimitri estiró una mano para recogerle delicadamente un mechón detrás de la oreja. El levísimo contacto de sus dedos en el cuello le provocó otro estremecimiento, y pudo sentir cómo las duras puntas de sus pezones se tensaban contra la seda de su vestido, suplicando tácitamente sus caricias.

En algún profundo rincón de su ser, una voz sensata le advertía de que sería una locura enredarse en la telaraña de sensualidad en la que él la estaba envolviendo. Pero el brillo de sus ojos era demasiado hipnótico y convocaba toda clase de excitantes fantasías en su imaginación. Quizá pudiera efectivamente persuadirlo de que le comprara la isla, le susurró otra voz interior. ¿Tan malo e injusto sería hacer lo que fuera con tal de salvar la vida de su madre? No podía apartar la mirada de sus ojos. Estaba tan cerca que casi podía sentir su aliento en la mejilla, y ansiaba que Dimitri cerrara la distancia que los separaba para besarla. Tragó saliva.

—Debo irme —la voz le salió en un trémulo suspiro.

—¿Por qué no te quedas?

Tenía que haber una buena razón para no quedarse. Probablemente decenas. Pero su sensual sonrisa diezmaba su capacidad para pensar de manera lógica.

—Quiero hacerte el amor —pronunció Dimitri con voz ronca de deseo. No entendía qué era lo que tenía aquella mujer que le hacía estremecerse como si fuera un joven atiborrado de testosterona en su primera experiencia sexual. Lo único que sabía era que Louise era como una fiebre en la sangre, y que la única cura consistía en poseerla y alcanzar el dulce desahogo que anhelaba su cuerpo. La atrajo hacia sí, y el corazón empezó a martillearle contra las costillas cuando sintió las puntas de sus pezones apretadas contra su pecho.

—Quiero llevarte a la cama y desnudarte, lentamente. Quiero besarte toda: tu boca, tus senos, tu sexo —le susurró al oído—. Quiero poseerte y hacerte mía, y darte mayor placer del que jamás has experimentado con un hombre.

Su voz era como miel derramándose sobre sus oídos, sus palabras la derretían por dentro. Era consciente del líquido calor que se acumulaba entre sus muslos, y del doloroso latido que apenas había sido parcialmente aplacado con el placer que antes le había dado con las manos.

La tomó de la barbilla mientras la miraba fijamente a los ojos.

–He sido sincero contigo. No me avergüenza admitir lo mucho que te deseo. Ahora te estoy pidiendo que tú seas igual de sincera –no había rastro alguno de ternura en sus arrogantes rasgos. Hablaba con firmeza, con decisión–. Si no quieres estar conmigo, dímelo y te llevaré a tu casa.

Ningún hombre la había dejado nunca tan debilitada de deseo, reflexionó Louise. Y sin embargo el deseo que veía brillar en los ojos de Dimitri también le hacía sentirse poderosa. Él le había despertado sensaciones que no había vuelto a experimentar desde que tenía diecinueve años. De ella dependía quedarse o marcharse.

–Dimitri...

–Sabes que me deseas –aumentó la presión de su abrazo– y yo estoy ardiendo por ti.

La cruda urgencia de su voz terminó de despejar sus dudas. Echándole los brazos al cuello, le obligó a bajar la cabeza. Sobraban las palabras. Siete años atrás Dimitri había sido su primer amante, y después no había habido ningún otro. Indudablemente había perdido la cordura, pero no podía negarle a su cuerpo una noche más de placer con él. Un último instinto de conservación la previno, sin embargo, de confesarle que su necesidad era igual de intensa. En lugar de ello, se puso de puntillas y lo besó.

Dimitri murmuró algo contra sus labios antes de besarla a su vez ávida, feroz, desesperadamente.

Louise le acunó su rostro entre las manos. Su áspera barba le raspaba las palmas. Él deslizó la lengua en el interior de su boca al tiempo que la tomaba de la nuca para acercarla aún más. Con la otra mano se apoderó de su trasero y la apretó con fuerza contra sus muslos, para que pudiera sentir su dura erección clavándose en su estómago.

La evidencia de su deseo disparó la excitación de Louise hasta un nivel insoportable, febril. Había demasiadas barreras entre ellos: su vestido, la camisa de Dimitri... Empezó a desabrocharle los botones y gimió suavemente mientras apartaba la tela, hasta que pudo por fin deslizar las manos por su torso desnudo. Se recreó en la vista de su piel satinada, de un dorado oliváceo, cubierto por un vello oscuro.

–Paciencia, *pedhaki* –murmuró él–. Lo haremos apropiadamente, en una cama.

Luchando contra la tentación de desnudarla, la cargó en brazos para llevarla al dormitorio. Nada más dejarla a los pies del lecho, le hizo volverse para poder bajarle la cremallera de la espalda del vestido. Le temblaban las manos mientras forcejeaba con el material. *Theos,* se estaba comportando como un chiquillo inexperto. Aspirando profundamente, terminó de bajar la cremallera para revelar la semitransparente braguita.

Caído el vestido al suelo, enganchó los dedos en la cintura de la braga y se la bajó hasta las corvas. La vista de su redondo trasero, tan suave y aterciopelado como un melocotón maduro, hizo que su miembro se tensara dolorosamente contra la presión del pantalón. La braguita fue a parar finalmente a sus tobillos y Louise soltó una leve carcajada nerviosa cuando salió de ella y la apartó de una patada, junto con el vestido de seda negra.

Dimitri nunca había visto nada tan erótico como Louise luciendo únicamente unas medias negras y unos altos tacones. De nuevo le hizo volverse y tomó sus senos en las manos. Inflamado de deseo, contempló cómo se dilataban sus pupilas en el instante en que empezaba a frotarle los pezones con las yemas de los pulgares. Su melena de rizos dorados enmarcaba su ruborizado rostro. Sus ojos tenían el mismo azul intenso de las piedras de zafiro. Era tan hermosa que habría podido quedarse allí mirándola durante horas. Hasta que el latido de su miembro le recordó que con mirar no bastaba. Quería que lo tocara, quería sentir sus manos en su piel ardiente.

–Desnúdame –exigió, jadeante.

Percibió su leve vacilación cuando vio que agarraba la hebilla de su cinturón, y, una vez que se lo hubo desabrochado, volvía a dudar antes de bajarle la cremallera de la bragueta. Su intuición le decía que había pasado bastante tiempo desde la última vez que había practicado sexo. Pero eso no tenía sentido. Quizá se hubiera equivocado en sus sospechas y no existiera amante rico alguno en su vida... Sin embargo, en aquel instante, a Dimitri no podía importarle menos el vestido o cualquier otra cosa.

Recordó que le había dicho que quería besarla por todas partes, y guardó su promesa empezando por su boca. Con consumada eficacia se despojó de los zapatos, los calcetines y el pantalón antes de atraerla de nuevo hacia sí y reclamar sus labios. Su excitación se intensificó ante su instantánea reacción. Louise era como una intrigante mezcla de retraimiento y descaro. Cuando ella deslizó tentativamente la lengua en el interior de su boca, Dimitri soltó un gruñido y la estrechó con mayor fuerza, desaparecidos los últimos restos de contención.

Era una cama increíble, pensó Louise cuando Dimitri la levantó en brazos para depositarla sobre el colchón. Alzó la mirada al dosel, con sus cortinas de seda plateada. El contacto en la piel de la colcha de satén sobre la que yacía le inspiraba una sensación decadente, maravillosamente sensual, pero el del cuerpo desnudo de Dimitri la excitaba todavía más. No se había dado cuenta de que se había quitado el calzoncillo, y cuando lo vio arrodillarse junto a ella no pudo evitar quedarse mirando su enorme miembro.

Experimentó un leve estremecimiento de temor cuando se lo imaginó entrando en ella. Se recordó que lo había hecho una vez antes, siete años atrás. Entregarle su virginidad había sido una hermosa experiencia, y la inquietud que sentía en la boca del estómago era señal de que su cuerpo ansiaba con impaciencia que le hiciera el amor con irrefrenable pasión. Pero primero parecía que

Dimitri deseaba jugar... provocarla, tentarla. Le quitó los zapatos y fue bajándole las medias mientras se concentraba en besarla. Al cabo de unos minutos durante los cuales su boca delineó cada hueco y rincón de su cuerpo, Louise estaba jadeando y temblando de expectación.

—Por favor... —musitó cuando finalmente él se retiró después de un beso que le robó al alma. Estaba en llamas. Un líquido calor se arremansaba entre sus muslos, de tan dispuesta como estaba a la posesión.

—Pretendo darte placer, *glikia*.

La serena decisión de su voz multiplicó su excitación, y contuvo el aliento cuando él le acunó los senos en sus anchas palmas y bajó la cabeza para besar un pezón. Acto seguido acarició con la lengua cada punta, lamiéndolas a lengüetadas, hasta que el placer resultó casi imposible de soportar. Louise arqueó las caderas en instintiva invitación, que él aceptó cuando, descendiendo a lo largo de su cuerpo, le abrió las piernas para regalarle el beso más íntimo de todos.

Dio un respingo, estremecida, y Dimitri rio suavemente y la sujetó con firmeza mientras deslizaba la lengua en su melosa suavidad. La llevó hasta el límite y la retuvo allí, pero cuando Louise le suplicó que no se detuviera, se cernió sobre ella apoyando el peso sobre los codos.

—Tócame —la tentó con voz ronca, y gruñó cuando ella obedeció y rodeó su miembro con sus delicados dedos.

Le encantó la manera en que se ruborizó. Sus mejillas sonrosadas y su dulce sonrisa le recordaron a la niña que se le había entregado en Eirenne. El sentido común le decía que su intuición tenía que estar equivocada, y que Louise debía de haber tenido otros amantes aparte de él. Pero no muchos, adivinó, y quizá tampoco por mucho tiempo.

Había preservativos en el cajón de la mesilla: afortunadamente siempre los llevaba encima. Aunque ciertamente que no había imaginado que los necesitaría cuando llegó a París. No había planeado acostarse con Louise, pese a que en el fondo lo había esperado, según admitió para sus adentros. Había algo entre ellos que desafiaba cualquier explicación: la sensación de que ella le pertenecía, algo que jamás había experimentado con ninguna de las mujeres con las que se había acostado.

Había llegado el momento. Louise supo, por el oscuro brillo de los ojos de Dimitri, que el tiempo de los preliminares se había acabado. No sintió temor ni duda alguna: solamente un júbilo feroz mientras contemplaba su rostro y veía tanto al joven que había sido en Eirenne como al hombre que ahora era. Los dos eran uno y el mismo. El Dimitri de quien ella se había enamorado tantos años atrás y el Dimitri que, si no llevaba cuidado, fácilmente podía volver a amenazar su corazón.

La besó en los labios suave, dulcemente, hasta que los ojos de Louise se llenaron de lágrimas. Con ternura le separó más los muslos mientras se inclinaba lentamente sobre ella. Louise sintió primero la presión de la punta de su pene, y mientras Dimitri se iba hundiendo en ella con exquisito cuidado, sus miradas se engarzaron de tal forma que tuvo la sensación de que sus almas se fundían al igual que sus cuerpos.

–¿Estás bien? ¿Te duele? –la sentía tan tensa y caliente que a punto estuvo de explotar de golpe.

–No, está bien... muy bien –«es increíblemente maravilloso», añadió para sus adentros–. De veras –le aseguró antes de besar su ceño levemente fruncido. Levantó las caderas–. Quiero que te...

Sus palabras murieron en el instante en que Dimitri se hundió aún más, llenándola por completo. Él parecía saber bien lo que ella quería, y se retiró para hundirse luego de nuevo, cada embate más profundo que el anterior. Y en un implacable y arrebatador viaje empezó a arrastrarla a un lugar que Louise percibía que existía, pero que parecía empeñarse en mantenerse obstinadamente fuera de su alcance.

—Dimitri... —se aferró a sus hombros, sintiendo la fina película de sudor que le cubría la piel. Arqueó el cuerpo para acudir al encuentro del rítmico ímpetu de su cuerpo, y jadeó cuando él la agarró de las caderas para empujar con más fuerza, más rápido, hasta que el mundo empezó a girar fuera de control.

Dimitri reclamó entonces su boca, y Louise sintió que el corazón le daba un vuelco en el pecho ante la ternura y la pasión que descubrió en su beso.

—Relájate y deja que suceda —murmuró él.

Y sucedió, y la belleza del acto la dejó sin aliento. Dimitri empujó con fuerza, aún más profundamente, y el candente, pulsante dolor que Louise sentía en la pelvis explotó de pronto, anegándola en una ola tras otra de tumultuoso placer. Se hundió en el exquisito éxtasis de su orgasmo, se ahogó en su marea, y se puso a sollozar su nombre.

Sus músculos internos se tensaron convulsos alrededor de su miembro, apretándolo y soltándolo en frenéticos espasmos que enloquecieron a Dimitri. Se detuvo, rígido cada músculo mientras procuraba prolongar el viaje y retrasar el placer que sabía tan cerca, al alcance de unos pocos segundos. El sentimiento de anticipación se le clavó en las entrañas. Inspiró tembloroso y, contemplando el ruborizado rostro de Louise, pensó en lo maravillosa que era. Ninguna otra mujer le había hecho sentirse así. No pudo contenerse más, y soltó un ronco y primitivo gruñido en el instante de la liberación antes de hundirse en el refugio de sus brazos.

Capítulo 6

LOUISE abrió los ojos y se quedó mirando las cortinas de seda gris de la cama. Se despertó del todo en el instante en que los recuerdos de la noche anterior asaltaron su cerebro. Nunca antes había dormido en una cama de dosel, ni tan enorme como aquella. Dos personas que durmieran en una cama tan grande podían no llegar a tocarse nunca. Aunque eso no había sido precisamente lo que había sucedido con ella y con Dimitri.

Se habían tocado, besado, acariciado y hecho el amor dos veces durante la noche. En realidad habían sido tres. Pero la última había sido justo antes del amanecer, cuando el color del cielo había cambiado de azul índigo a morado, ya sin estrellas.

En ese momento, la luz gris de las primeras horas de la mañana se filtraba a través de las cortinas medio abiertas, y el nuevo día se presentaba acompañado de grandes dudas: como por ejemplo si habría sido prudente haber pasado la noche con un hombre que, a todos los efectos, era un desconocido. Había creído conocerlo siete años atrás, pero su breve relación había estado basada en mentiras.

La febril excitación que tanto la había llenado la pasada noche había desaparecido, y el sentido común había vuelto. Acostarse con él no había sido nada prudente, le recordó una voz interior. De hecho, lo había complicado todo. Giró la cabeza para mirarlo. Yacía boca arriba, con las manos detrás de la cabeza y el rostro vuelto hacia ella. Demorada su mirada en el sensual dibujo de su boca, experimentó una punzada de emoción mientras lo contemplaba dormir. Parecía relajado. Las finas arrugas de alrededor de sus ojos se habían desvanecido, recordándole al joven Dimitri que había conocido en Eirenne.

Debió de haber sido un niño guapísimo. El corazón le dio un vuelco cuando se preguntó si el hijo que no llegó a nacer se habría parecido a él. En aquel momento habría tenido seis años. Se imaginó un niño fibroso de tez olivácea, pelo oscuro y ojos verde aceituna, y la tristeza la golpeó con la fuerza de un puñetazo. La pérdida de su bebé seguía doliéndole después de todo aquel tiempo, y el hecho de volver a estar con Dimitri había multiplicado la intensidad de aquellos recuerdos.

Se preguntó qué tal padre habría sido. «Si se hubiera quedado contigo», le recordó una voz interior. Ignoraba si la habría apoyado o no. Si su embarazo hubiera evolucionado bien, se habría puesto en contacto con Dimitri y le habría confesado que esperaba un bebé. Pero quizá él habría rechazado a su hijo, al igual que su propio padre la había rechazado a ella.

Permaneció mirando fijamente el dosel de la cama, mordiéndose el labio inferior. Dimitri le había dicho que ese mismo día se volvería a Grecia. Era un notorio playboy y, con toda probabilidad, contemplaría lo que acababan de vivir como una aventura de una sola noche. No podía hacerlo, reflexionó, triste. No podía seguir adelante con la farsa y comportarse como si pasar la noche con un hombre en su hotel fuera algo que hiciera todos los días. Ella se comportaba conforme a ciertas reglas, y la noche anterior las había vulnerado todas.

Otro pensamiento la dejó consternada. ¿Habría conseguido persuadirlo de que le comprara Eirenne? Palideció. La verdad era que no había pensado para nada en ello, sino que se había dejado arrastrar por una pasión mezclada con los evocadores recuerdos de la relación mantenida hacía años. En ese momento, a la fría luz del día, no podía soportar que Dimitri creyera que ella había seguido los pasos de su madre, convertida en la clase de mujer dispuesta a venderse por un beneficio económico... incluso aunque no fuera exactamente el suyo.

De repente le resultaba imperativo marcharse antes de que Dimitri se despertara. No podía enfrentarse con él cuando sus sentimientos se hallaban en aquel estado.

El reloj de la mesilla marcaba las nueve y trece minutos de la mañana. Ante la soñolienta mirada de Dimitri, los dígitos rojos cambiaron a las nueve y catorce. «*Theos!*», exclamó para sus adentros. Sentándose en la cama, se pasó una mano por el pelo. Nunca en toda su vida se había quedado acostado hasta las diez menos cuarto: al menos no para dormir. En las raras ocasiones en que había invitado a una amante a quedarse a pasar la noche con él, el único objetivo no había sido otro que el de seguir disfrutando del sexo por la mañana. La de la pasada noche había sido una de aquellas ocasiones, pero había resultado mal, porque todo indicaba que Louise se había marchado.

Frunciendo el ceño, apartó las sábanas y se dirigió al baño. La ausencia del vestido, los zapatos y la ropa interior que recordaba habían quedado regados por el suelo confirmaba su desaparición. Quizá se había marchado a trabajar, reflexionó mientras entraba en la ducha. Le molestaba que no lo hubiera despertado antes de marcharse.

Decidió que su sombrío humor se debía a la frustración por no haberse despertado primero para despertarla a ella a besos. Estaba seguro de que debía de haber presentado un aspecto glorioso: sensualmente soñolienta, con la melena toda revuelta y la boca dulce, húmeda, dispuesta... Le habría gustado recorrer sus senos con los labios y tentar sus rosados pezones hasta arrancarle aquellos deliciosos gemidos que le había escuchado la noche anterior. Diablos, le habría gustado colocarla debajo de su cuerpo y hundir en ella su hinchado miembro, arrastrándolos a ambos a una madrugadora y erótica cabalgada mientras la veía derretirse entre sus brazos...

Sintió que se excitaba y bajó la temperatura del agua de la ducha para refrescar su deseo. Ya habría otras mañanas... y definitivamente otras noches. No era un gran aficionado a las aventuras de larga distancia, pero entre Atenas y París no había más de tres horas de vuelo y no tendría ningún problema en citarse con Louise los fines de semana.

En muchos aspectos, el hecho de que no vivieran en la misma ciudad era positivo, pensó mientras alcanzaba la toalla. Había menos peligro de que su relación cayera en la autocomplacencia y se volviera aburrida. Todavía podía oler el persistente aroma de su perfume cuando volvió al dormitorio, y se la imaginó tendida desnuda en las sábanas de satén... Mientras se ponía los chinos y una camiseta de polo negra, se sorprendió de descubrir lo decepcionado que se sentía de que se hubiera marchado sin despedirse, y sin haber concertado siquiera un próximo encuentro.

Se puso la chaqueta y revisó su móvil. No había mensajes, pero tenía su número. La llamaría después. Decididamente deseaba volver a verla, pero no quería parecer demasiado ansioso.

La vergüenza de haberse escabullido de un hotel de cinco estrellas al amanecer, llevando un vestido que claramente había lucido la noche anterior, era algo que Louise sabía que recordaría por mucho tiempo. Madeleine se la quedó mirando con expresión de reproche cuando la vio entrar en el apartamento, y exhibió su desaprobación permaneciendo majestuosamente recostada en su cojín del alféizar de la ventana.

–Lo sé, lo sé –rezongó Louise–. Debo de haber perdido el juicio. Pero no volverá a suceder.

Dimitri estaría de regreso en Atenas en unas pocas horas. Si, tal como esperaba, se avenía por fin a comprarle Eirenne, la venta sería tramitada por sus respectivos abogados y no habría razón alguna para que volvieran a verse. Se dirigió directamente a la ducha y permaneció una eternidad bajo el chorro, como si así pudiera borrar el recuerdo de sus manos en su piel. Por su mente no dejaron de desfilar las imágenes de la manera en que le había hecho el amor. Le dolía el corazón de recordar las dulces palabras que le había susurrado en griego mientras descansaba saciada y agotada en sus brazos...

El mensaje que escuchó en su contestador automático, sin embargo, logró expulsar a Dimitri de sus pensamientos. El médico que estaba a cargo de Tina le expresaba su preocupación por el empeoramiento de su estado, y le sugería una entrevista lo antes posible.

El hospital se hallaba en las afueras de París. Encontró a su madre medio dormida cuando entró en su habitación privada. Al sentarse junto a la cama, advirtió con una punzada de terror que había perdido más peso y que tenía la piel de color ceniciento. El pañuelo que llevaba a la cabeza hablaba del pelo que había perdido después de la quimioterapia. Le escocieron los ojos por las lágrimas cuando pensó en su rubia melena cardada.

–¿Loulou? –Tina abrió los ojos.

–Aquí estoy –con un suspiro, Louise cerró la mano sobre sus huesudos dedos–. Lamento no haberte visitado ayer. Me quedé a trabajar hasta tarde, y luego... –se interrumpió cuando pensó en lo que había hecho después del trabajo–. Salí a cenar.

Un brillo de curiosidad relampagueó en los ojos de su madre.

—¿Con algún amigo? —la estudió—. Me alegro de que te estés preocupando más por tu aspecto. El traje que llevas es fantástico. Tienes una gran figura y ya es hora de que empieces a mostrarla. Es la única manera de atraer a un hombre.

Louise esbozó una sonrisa irónica, pero no le explicó que, si en ese momento llevaba uno de los conjuntos de Benoit, era porque sabía lo mucho que le gustaba a ella que vistiera bien.

—No estoy intentando atraer a ningún hombre —murmuró—. Estoy demasiado ocupada con mi trabajo. ¿Te he contado que me presenté a un puesto de ayudante de comisario de exposiciones en el departamento de pinturas del Louvre?

—Me alegro de que hayas hecho tan buena carrera. Siempre supe que lo conseguirías. No como yo... yo nunca me preparé para nada.

Hablar parecía cansarla; durante unos minutos se quedó callada. Louise estaba a punto de salir de puntillas de la habitación cuando Tina volvió a hablar.

—Kostas estaba enamorado de mí, y yo le quería. Fue el único. Todos los demás solo me querían para una cosa. Halagaba sus egos el hecho de tener una amante, un juguete, pero en realidad nunca me trataron como si fuera una persona, y yo dejé de esperar que lo hiciera. Los utilicé como ellos me utilizaron a mí.

Louise sintió un nudo en la garganta. Nunca antes se le había pasado por la cabeza que su madre hubiera podido buscar el amor entre tantos hombres y tan diferentes. Al final lo había encontrado con Kostas Kalakos, pero su relación había hecho daño a mucha otra gente: especialmente a la esposa de Kostas y su familia.

—El tumor está creciendo más rápido de lo que esperábamos —le explicó Alain Duval, el cancerólogo que se estaba haciendo cargo de Tina, nada más recibirla en su despacho–. No puedo garantizarle que el novedoso tratamiento ofrecido por nuestro hospital asociado de Massachusetts vaya a ser un éxito, pero *es* la única oportunidad que tiene su madre. Y muy pronto ni siquiera la tendrá –añadió con tono suave.

–¿De cuánto tiempo dispone hasta que comience el tratamiento? –le preguntó Louise, tensa.

–De unas pocas semanas como mucho. Lo ideal sería que empezara con la nueva técnica de radiación de manera inmediata. Entiendo que los costes médicos en los Estados Unidos son altos, y que su madre no tiene seguro médico que los cubra. Pero, si cuenta con alguna manera de poder reunir el dinero, le sugiero que la ponga en práctica en seguida.

Eso si Dimitri aceptaba por fin comprarle Eirenne... No podía concederle más tiempo para que tomara una decisión, pensó Louise, frenética. Rezó para que aún no hubiera abandonado París. Tan pronto como terminara en el hospital, volvería a su hotel y le suplicaría que le diera una respuesta. La cabeza le daba vueltas. Si él se negaba a comprarle la isla, tendría que pedir a su agencia que publicara un anuncio de venta. Mientras tanto, tendría que conseguir un crédito temporal. Pero ya había solicitado uno al banco y la petición había sido rechazada. Un nudo de pánico le revolvía el estómago.

–Estoy tramitando la venta de una propiedad para cubrir esos gastos –le explicó al médico–. El dinero debería estar disponible pronto. Pero quiero que mi madre empiece el tratamiento ahora mismo.

–Puedo encargarme de que la trasladen ya a los Estados Unidos. Pero le advierto que es poco probable que el hospital de Massachusetts comience con el tratamiento sin contar con la garantía de que los costes serán cubiertos –le explicó amablemente Alain Duval–. Necesitará abonar también el coste del traslado en ambulancia aérea

—miró la pantalla de su ordenador y garabateó una cifra—. Esta es la cantidad que necesitará financiar inicialmente.

Solo existía una manera de reunir esa suma tan pronto, reflexionó Louise antes de asentir con decisión.

—En seguida me ocupo.

Sabía que su abuela Céline habría aprobado esa medida, se dijo unas horas después, cuando salía de la joyería. El joyero había respetado el precio en que inicialmente había tasado el diamante flor de lis, y había adquirido además las últimas joyas que le quedaban a Tina. Esperaba que su madre pudiera perdonarla. Tina adoraba sus joyas, pero su vida valía mucho más que aquellos caros adornos.

Después de entregarle el cheque a Alain Duval, y de escuchar que Tina volaría rumbo al hospital de Massachusetts una vez que el hospital hubiera recibido seguridades de que el coste del tratamiento sería cubierto, Louise se encontraba en un estado de verdadero frenesí. Había telefoneado al hotel de Dimitri para enterarse de que aún no había abandonado la suite, pero que no estaba disponible.

La perspectiva de volver a encontrarse con él le encogía el corazón. Pero tenía que sacarle una respuesta. Primero, sin embargo, decidió volver a su apartamento para dar de comer a Madeleine e intentar reunir un mínimo de coraje para efectuar la visita. El ascensor del edifico no llegaba más que a la quinta planta. A partir de allí subió como pudo el estrecho tramo de escalera que llevaba a las buhardillas, sintiéndose absolutamente agotada. La reacción a los acontecimientos de las últimas veinticuatro horas había acabado imponiéndose.

Un sonido de pasos le advirtió de que uno de sus vecinos bajaba por la misma escalera, y se pegó a la pared para dejarlo pasar.

—¿Dónde diablos te has metido durante todo el día?

—Dimitri, que había doblado la curva de escalera, la miraba furioso, con sus ojos verdes escupiendo fuego.

El estupor que le produjo su aparición fue la gota que colmó el vaso. No pudo hacer otra cosa que quedárselo mirando fijamente.

–¿Por qué saliste corriendo esta mañana? –exigió saber Dimitri. La pregunta llevaba todo el día acosándolo–. Te he llamado una docena de veces, pero no contestabas.

–Desconecté el teléfono en el... –se detuvo justo a tiempo de pronunciar la palabra «hospital», y se ruborizó culpable–. Fui a ver a... a una amistad, y apagué el teléfono.

–Imaginé que te habías marchado temprano para el museo, pero como no conseguía localizarte, llamé al Louvre y me dijeron que hoy no trabajabas –Dimitri entrecerró los ojos al ver que evitaba su mirada–. Saliste corriendo, ¿verdad? –inquirió, sardónico–. ¿Mala conciencia por lo sucedido anoche?

–Me habías dicho que hoy te volvías para Atenas. Me pareció más fácil evitar cualquier incomodidad. Quiero decir que... –se mordió el labio–. Ambos sabemos que lo de anoche no significó nada.

–¿De veras? –su expresión era inescrutable.

¿A qué amigo habría ido a visitar tan corriendo?, se preguntó Dimitri. Parecía acorralada. ¿Se habría ido a ver a algún amante... quizá para darle una excusa sobre el lugar y el modo en que había pasado la noche anterior? ¿Y cómo era que llevaba otro conjunto Benoit Besson? Le disgustaba haberse preocupado tanto cuando no consiguió hablar con ella por teléfono. Su irritación fue en aumento cuando experimentó la previsible reacción al recorrer con la mirada su falda de tubo color champán con la ajustada chaqueta a juego. Llevaba el cabello recogido en un elegante moño y el rostro discretamente maquillado. Ninguna mujer lo había rehuido así antes y, si era sincero consigo mismo, su ego había resultado lastimado por su brusca marcha de aquella mañana.

Louise no podía interpretar su expresión, y además estaba demasiado cansada para intentarlo.

–¿Qué estás haciendo tú aquí, por cierto? –vio que tenía un aspecto peligrosamente seductor con su ropa informal, aunque de soberbio diseño: chaqueta de ante y camiseta de polo negra. Por un enloquecedor momento casi cedió a la tentación de lanzarse a sus brazos. Pero de repente se le ocurrió algo–. ¿Has tomado alguna decisión sobre la isla?

–Sí, pero la escalera de una casa de vecinos no es el lugar más adecuado para discutirlo. Tu apartamento está en el último piso, ¿verdad?

Louise descubrió que le temblaban las piernas mientras lo guiaba escaleras arriba y después por el pasillo, hasta su apartamento. La sensación de terror le pesaba en el estómago como un plomo. Dimitri no lo sabía, pero tenía la vida de su madre en sus manos.

–Por favor... entra –abrió la puerta y lo invitó a pasar, detestando la involuntaria reacción de su cuerpo cuando la rozó levemente. «¿Por qué precisamente él?», se preguntó con amargura. ¿Por qué tenía que ser él quien convirtiera su cerebro en pulpa y le hiciera sentirse como una adolescente hiperhormonada, en lugar de la mujer inteligente que sabía que era?

Entrar en el piso de Louise era como entrar en una casa de muñecas, pensó Dimitri mientras se veía obligado a agacharse para no golpearse la cabeza con el marco de la puerta. La siguió al salón y no vio indicio alguno de influencia masculina en la delicada decoración. Una puerta llevaba a lo que parecía ser un igualmente diminuto dormitorio. El apartamento era tan funcional como poco lujoso. Evidentemente Louise vivía sola. «Pero no del todo», se corrigió cuando posó la vista en el gato de exótico aspecto que lo miraba a su vez con expresión desconfiada, desde el alféizar de la ventana.

–Se llama Madeleine –explicó Louise, siguiendo la dirección de su mirada–. La encontré en un hogar de gatos abandonados. Recela de los desconocidos.

Contempló la habitación. La decoración en tonos blancos y azul pastel era exquisita, pero nada podía disimular el hecho de que aquel apartamento no era mayor que una caja de zapatos.

–Eso no es lo que esperaba –dijo, frunciendo el ceño. Cuando Louise le comentó que vivía en el centro de París, él se había imaginado un enorme y opulento apartamento–. Creí que vivías en un piso más grande y más caro, francamente.

–No puedo permitirme alquilar un piso más grande. Además, a Madeleine y a mí nos conviene perfectamente.

–Pero seguro que tu madre podría contribuir al coste del alquiler, o incuso comprarte un apartamento mayor... Después de todo, heredó una cuantiosa fortuna de mi padre.

–Yo nunca he tocado un solo céntimo de dinero de Kostas –replicó. No podía confesarle que, si estaba tan deseosa de que le comprara Eirenne, era porque Tina había dilapidado la herencia que le había dejado Kostas. Se retorció las manos, nerviosa–. Dijiste que habías tomado una decisión –le recordó.

Dimitri no pudo menos que preguntarse por qué estaba tan tensa. Resultaba obvio que se hallaba desesperada por que firmara la compra de Eirenne, pero seguía sin saber *por qué* necesitaba el dinero con tanta urgencia. Una vez más se le ocurrió que podía estar endeudada. La madre de Louise no había sido precisamente un modelo en cuestión de asuntos económicos... o de integridad moral. ¿Era acaso de sorprender que Louise pudiera haber seguido sus mismos pasos? Pero ¿qué importaba eso? Él quería Eirenne y quería a Louise, y estaba determinado a conseguir las dos. Una noche con ella no había satisfecho su deseo, y había decidido que la única manera de sacársela de la cabeza era convertirla en su amante hasta que el encaprichamiento hubiera desaparecido.

La miró y experimentó una ardiente punzada de deseo cuando se imaginó a sí mismo desnudándola de aquel elegante traje, así como de la camisola bordada visible debajo de su chaqueta. ¿Llevaría sujetador? No importaba: rápidamente se lo quitaría para poder acunar sus voluptuosos senos en sus manos. Luego le besaría los pezones, se los lamería y mordisquearía, y ella gimotearía y le suplicaría que le hiciera el amor, como se lo había hecho la noche anterior... Inspiró profundamente, dilatadas las aletas de la nariz. Se volvió hacia la ventana y simuló contemplar la vista de los tejados de París, mientras se esforzaba por dominar las reacciones de su cuerpo.

—Estoy dispuesto a pagar el precio que me pides de un millón de libras por Eirenne.

—¡Gracias a Dios!

Había musitado las palabras, pero Dimitri las escuchó, detectando la cruda emoción de su voz. Volvió la cabeza para verla hundirse en el sofá como si las piernas no pudieran sostenerla.

—Eso... es una buena noticia —invadida por un inmenso alivio, Louise luchó frenéticamente por conservar la compostura. El único pensamiento que resonaba en su cabeza era que ahora podría telefonear a Alan Duval para que dispusiera el traslado de su madre a los Estados Unidos, con el fin de que empezara su tratamiento inmediatamente.

—Hay una condición.

La escueta frase de Dimitri pareció reverberar en el aire. Algo en su calculadora expresión inquietó a Louise, que se humedeció los labios resecos.

—¿Qué... condición?

—Irás a Atenas conmigo.

¿Por qué el corazón había empezado a martillearle a tanta velocidad contra las costillas?, se preguntó. Después de todo, Dimitri no había planteado nada irrazonable. Se levantó para mirarlo, al otro lado del diminuto salón.

–Supongo que tendré que volar a Atenas cuando el papeleo esté preparado. Pero imagino que tus abogados tardarán al menos un par de días en elaborar el contrato.

–Probablemente –se encogió de hombros–. Pero no es eso lo que quería decir –caminó hacia ella, acorralándola con su mirada penetrante–. Quiero, Louise... que compartas mi cama cada noche hasta que haya saciado mi deseo por ti. Pongamos un par de semanas –su sonrisa era profundamente cínica–. Tengo un umbral de aburrimiento muy bajo, y la experiencia me dice que mi interés se desvanecerá rápidamente en cuanto estés tan fácilmente disponible.

–¿Disponible? –repitió, indignada–. ¿En serio esperas que juegue el papel de tu... tu concubina? ¿Que esté al alcance de tu mano para satisfacer tus necesidades sexuales? –se detuvo para tomar aire, y abrió la boca para decirle escuetamente lo que pensaba de su sugerencia. Pero Dimitri la interrumpió antes de que pudiera hablar:

–Si quieres que te compre Eirenne, sí. Eso es exactamente lo que espero.

Impresionada por el tono de determinación de sus palabras, Louise sintió que su resistencia flaqueaba.

–Eso es chantaje –musitó.

–Oh, vamos, *glikia*... –le lanzó una mirada de impaciencia–. Es un poco tarde para que te hagas la inocente. Sabes bien que estás tan deseosa como yo.

Antes de que ella tuviera tiempo de adivinar su intención, Dimitri estiró una mano y le desabrochó el único botón de su chaqueta, para de inmediato abrirle la prenda y descubrir la fina camisola que llevaba debajo.

–Aunque quieras negarlo, tu cuerpo te traiciona. ¿Lo ves? –una sardónica sonrisa asomó a sus labios mientras deslizaba la punta de un dedo por uno de sus senos, justo encima del pezón que tan provocativamente se tensaba contra la seda.

–¡Vete al infierno! –el tono de burla de Dimitri la liberó de aquel sensual hechizo. Lo despreciaba, pero más se despreciaba a sí misma por su vergonzosa incapacidad para resistirse–. Me niego a ser la amante de nadie. Preferiría vender mi alma al diablo antes que aceptar tu odiosa sugerencia.

–Entonces no hay trato –replicó tranquilamente, mirando su ruborizado rostro y sus ojos brillantes de furia con un aire de indiferencia que le hizo apretar los puños de rabia–. Espero que encuentres otro comprador para Eirenne.

–No estás hablando en serio. Me estás lanzando un farol –le espetó, presa de un pánico cada vez mayor mientras lo veía dirigirse hacia la puerta–. ¡Dimitri..., por favor! Tiene que haber alguna forma de que podamos llegar a un acuerdo.

«No tiene ningún derecho a mostrarse tan dolida», pensó Dimitri, decidido a ignorar la punzada de emoción que lo acometió al detectar un brillo de lágrimas en sus ojos. La noche anterior Louise le había demostrado que era igual que su madre: una mujer dispuesta a venderse a sí misma por el precio adecuado. No se dejaría influir por aquel aire de vulnerabilidad que tanto le recordaba a la joven que había conocido años atrás.

–Te he explicado mis condiciones: te corresponde a ti decidir si las aceptas o no –miró su reloj. Tengo mi reactor privado en el aeropuerto de Orly, y a mi chófer esperando en el coche. Si me acompañas, tendrás diez minutos para hacer las maletas.

–Por el amor de Dios... tengo un empleo. No puedo

renunciar a él –Louise lo miraba de hito en hito, hirviendo de ira ante su absoluta arrogancia.

–¿No puedes pedir un permiso?

–Será difícil que me lo den con tan poca antelación –«pero no imposible», reconoció para sus adentros. Apenas unas semanas atrás le había explicado al director la situación con su madre, y había conseguido autorización para tomarse algún tiempo libre en cuanto surgiera una urgencia. Con el trabajo no habría problema alguno.

El problema lo tenía consigo misma. Se rebelaba con cada fibra de su ser ante la idea de convertirse en la amante de Dimitri, pero... ¿qué otra opción le quedaba? Negarse sería como firmar la sentencia de muerte de su madre. Y quizá él tuviera razón. Quizá el hecho de verse obligada a pasar tiempo con él, a compartir su cama cada noche, pudiera liberarla al fin también a ella de su hechizo sensual. Soltó un tembloroso suspiro, incapaz de dar crédito a lo que estaba a punto de hacer. Verlo empuñar el picaporte la impulsó a decidirse de una vez por todas.

–De acuerdo... acepto tus condiciones. Pero quiero una declaración firmada comprometiéndote a pagarme un millón de libras por Eirenne, y a transferirme el dinero lo antes posible –se acercó a su escritorio y sacó una hoja de papel y un bolígrafo, que le tendió–. Hazlo ahora. Antes de que nos marchemos.

Se la quedó mirando pensativamente por un momento, pero no hizo ningún comentario mientras se reunía de nuevo con ella y aceptaba el papel. Después de apoyarlo sobre el escritorio, escribió unas cuantas líneas, añadió su firma y se lo devolvió.

Louise leyó lo que había escrito y asintió. Ignoraba la validez jurídica que tendría aquel documento, pero se sentía mejor ahora que tenía algo más que su promesa verbal.

–Voy a hacer mi equipaje.

–Espera un momento –tomándola de la cintura, la atrajo de repente hacia sí–. Primero me gustaría tener una confirmación de nuestro trato –murmuró mientras inclinaba la cabeza.

Fue un beso duro, ávido, exigente de una respuesta. La tomó de la barbilla y deslizó la lengua en el interior de su boca para explorarla con devastador erotismo hasta que quedó temblorosa y suplicante en sus brazos. Louise se odió a sí misma por capitular ante él, pero no pudo hacer nada por evitarlo cuando únicamente era consciente de la sensación de su mano en su seno desnudo, en el instante en que la introdujo bajo su camisola para acariciarle el pezón.

Tenía la boca inflamada cuando él finalmente la soltó, y se alisó la ropa con trémulas manos ante su mirada de fría indiferencia.

–Creo que nos entendemos bien –murmuró Dimitri–. Date prisa en hacer el equipaje. Tengo una agenda muy apretada y debería haberme marchado de París hace horas. Una cosa –la detuvo cuando Louise se dirigía ya al dormitorio–. El traje que llevas... ¿dónde lo has comprado?

–No lo compré... me lo regalaron –lo miró sorprendida–. ¿Por qué lo preguntas?

–Simple curiosidad.

Su tono era anodino, pero ella percibía que estaba furioso, aunque ignoraba por qué. Un movimiento en el alféizar de la ventana llamó su atención.

–¡Madeleine! –se quedó aterrada por haberse olvidado momentáneamente de su gata–. ¿Qué voy a hacer con ella?

–¿No puedes pedirle a alguno de tus amigos que te la cuide mientras estás fuera?

Hizo una lista mental de sus amistades más cercanas y negó con la cabeza. Nicle acababa de dar a luz a su tercer bebé; Pascale estaba de luna de miel; y Monique había empezado un nuevo trabajo, con lo que Louise se resistía a molestarla. Ni siquiera Benoit estaba disponible.

–El vecino que a veces da de comer a Madeleine está fuera.

–Entonces tendrás que ingresarla en un hogar de gatos –Dimitri no se molestó en disimular su creciente impaciencia.

–Rotundamente no –replicó Louise con tono enérgico–. Madeleine fue abandonada por su anterior propietario y no estoy dispuesta a consentir que se sienta abandonada por segunda vez. Tendrá que venir con nosotros. Su cesta de viaje está en la cocina.

Dimitri se sintió tentado de recordarle que no estaba en posición de dictar condiciones, pero el brillo de decisión de sus ojos le decía que lucharía hasta la muerte por su mascota, y no había tiempo para más retrasos. La tomó del brazo cuando pasaba a su lado.

–Yo me ocuparé de ese maldito gato mientras tú recoges tus cosas.

–Dudo que lo consigas. Ya te dije que no le gustan los desconocidos.

Louise lo observó dirigirse al alféizar y estirar los brazos hacia Madeleine. «Aráñalo», pronunció para sus adentros. Pero para su estupor, la gata arqueó la espalda y maulló feliz cuando Dimitri le rascó las orejas. Por supuesto. Había subestimado su capacidad de encandilar a todos los miembros del sexo femenino, reflexionó con amargura. Sabía que era una tontería, pero sintió la reacción de Madeleine como una traición. Los ojos le escocían por las lágrimas cuando entró en el dormitorio para sacar una maleta del armario.

Capítulo 7

LOUISE había viajado en reactor privado varias veces durante el tiempo que duró la aventura de su madre con Kostas Kalakos. Mientras contemplaba la lujosa cabina del avión de Dimitri, recordó lo mucho que había disfrutado Tina del glamuroso estilo de vida que le había proporcionado su amante multimillonario. Su madre se había vendido al mejor postor, reflexionó con tristeza.

¿Acaso ella lo estaba haciendo mejor?, se preguntó. La cruda verdad era que había aceptado vender su cuerpo a Dimitri por un millón de libras. Él no sabía ni debía saber que ella pretendía utilizar el dinero en salvar la vida de la mujer a la que tanto odiaba, y a la que culpaba de haber destrozado a su familia. Lo miró, sentado junto a ella en uno de los suntuosos asientos de cuero blanco, y su corazón experimentó el familiar vuelco mientras contemplaba sus rasgos cincelados. ¿Habría aceptado ser su amante si no hubiera sido tan atractivo?

Pensar que durante las dos semanas siguientes tendría que vivir con él y compartir su cama cada noche le revolvía el estómago. Parte de ella deseaba gritar que no podría soportarlo, que ella no era como su madre. Pero era por el bien de su madre por lo que había aceptado las condiciones de Dimitri. Apartó la mirada de él para mirar por la ventanilla mientras el reactor sobrevolaba el aeropuerto de Atenas, inconsciente de que su pensativa expresión le había hecho fruncir el ceño.

Dimitri pensó que, a pesar de su sofisticada ropa,

Louise parecía joven y curiosamente vulnerable. Le recordaba a la inocente Loulou, a quien había conocido años atrás, y se vio asaltado momentáneamente por las dudas. ¿Era *realmente* una cazafortunas como su madre, o acaso la había juzgado mal?

–Aterrizaremos en cinco minutos –al ver que no hacía ningún comentario, añadió–: Estás muy callada. De hecho, apenas has abierto la boca desde que abandonamos París. ¿Qué te pasa?

Louise se negaba a admitir que se sentía terriblemente nerviosa. Por la ventanilla podía ver que la pista del aeropuerto se hacía cada vez más ancha conforme el avión descendía. Resultaba difícil de creer que menos de una semana atrás había hecho aquel mismo viaje a Atenas... solo que en vuelo de bajo coste. Cuando abandonó el despacho de Dimitri se había sentido animada ante la perspectiva de que aceptara comprarle Eirenne, pero lo que no había podido imaginar era la condición que terminaría imponiéndole.

Volvió la cabeza para encontrarse con su mirada. Si al menos hubiera sido inmune a su sensual encanto... pero la aceleración de su pulso era un vergonzoso recordatorio de lo mucho que la afectaba. El fingimiento y la bravuconada constituían sus únicas defensas.

–No sabía que esperaras que te entretuviera también fuera del dormitorio.

La sonrisa de Dimitri desapareció de golpe. Apretó la mandíbula.

–Y no lo espero. Con el conocimiento de que pasarás cada noche de las dos próximas semanas desnuda y deseosa en mi cama me basta, *glikia*.

Se ruborizó ante el voraz brillo de sus ojos e intentó no sentirse dolida por su sarcasmo. Años atrás la había llamado *glikia mou*, «querida mía», con sentimiento. O al menos eso había creído ella.

La voz del piloto pidiéndoles que se abrocharan el

cinturón de seguridad significó una bienvenida distracción, pero mientras el avión aterrizaba, Louise no pudo sacudirse la sensación de que se hallaba atrapada en una pesadilla. Una pesadilla en la que estaba destinada a pasar las siguientes semanas como amante de un hombre que la consideraba un simple juguete sexual.

Dimitri vivía en una suntuosa zona residencial al nordeste de Atenas, con lujosas villas rodeadas de grandes jardines. Cuando el coche penetró en el sendero de grava y las puertas eléctricas se cerraron sigilosamente a su espalda, se sintió al instante como una prisionera.

A decir verdad, sin embargo, la residencia de Dimitri no se parecía en nada a una prisión. Había caído la tarde, y aunque la luz era cada vez más escasa, no perdió detalle de la belleza de la villa. De estilo neoclásico, tenía elegantes arcos y majestuosas columnas. Los altísimos ventanales estaban diseñados para dejar entrar la luz en las habitaciones interiores, pensó Louise mientras subía la escalera curva de piedra que llevaba a la primera planta. Las paredes pintadas en un apagado rojo coral le recordaron en seguida la antigua villa de Eirenne, donde Dimitri y ella se habían convertido en amantes. Tenía la sensación de que había pasado una eternidad desde entonces.

Las habitaciones de techos altos estaban pintadas en tonos pastel, acogedores, mientras que los sofás de felpa y el mobiliario de roble claro eran discretamente caros, nada suntuosos. Era un hogar más que una casa hecha para ser exhibida, reflexionó mientras Dimitri le mostraba las habitaciones de la planta baja.

–*Tu* casa tampoco es lo que yo había esperado –le comentó, evocando la sorpresa que él se había llevado cuando contempló el diminuto salón de su apartamento de París.

–¿Cómo esperabas que fuera?

–No lo sé... la típica residencia de soltero, supongo. La elegancia minimalista de la mansión de un playboy, con mucha luz indirecta y tapizados imitando piel de leopardo...

–*Thee mou,* espero que encuentres que mi casa tiene mejor gusto que eso. Te prometo que no verás ningún tapizado de ese tipo aquí. Yo crecí en esta casa –le explicó–. Esta fue la casa familiar hasta que mis padres se separaron. Mi padre se la entregó a mi madre como parte de su contrato de divorcio, y a su muerte ella me la dejó a mí.

Miró a su alrededor. En aquel momento se encontraban en la parte delantera de la casa, la que miraba al sendero de entrada.

–Este de aquí era el cuarto de juegos de mi hermana y mío. Cada tarde yo solía acechar, arrodillado en el alféizar de esa ventana, la llegada de mi padre procedente del trabajo. Y luego corría a recibirlo y le pedía que se pusiera a jugar al fútbol conmigo –se quedó callado mientras miraba por la ventana–. Siempre lo hacía. Por muy cansado que estuviera después de una larga jornada en la oficina, siempre tenía tiempo para mí –esbozó una mueca–. Ojalá las cosas no hubieran cambiado tanto.

Louise sabía lo que quería decir: que deseaba que su padre no hubiera conocido nunca a Tina. Se sintió culpable de ello, aunque ella no habría podido evitar la aventura de su madre con Kostas. Se imaginó a un niño pequeño esperando ansioso la vuelta de su padre a casa. Pero aunque el niño se parecía a Dimitri, era *su* hijo, el hijo de los dos, el que visualizó. Si su embarazo no se hubiera malogrado habrían tenido un bebé, reflexionó nostálgica. Y quizá habrían vivido allí, en aquella misma casa, como una familia... e incluso habrían tenido más hijos.

La familiar punzada de dolor la desgarró por dentro. Carecía de sentido contarle lo del bebé que había perdido. Era estúpido seguir pensando en eso y atormentarse con bellos sueños sobre lo que habría podido ser. Resultaba bastante probable que Dimitri no hubiera querido a su hijo, como no la había querido a *ella*.

Dimitri se apartó por fin de la ventana y frunció el ceño al descubrir su palidez. Una vez más volvió a experimentar una sombra de duda sobre su decisión de haberla traído a Atenas.

–Me parece que necesitas comer algo –le dijo bruscamente–. La cena debe de estar ya lista.

Se le revolvió el estómago ante la mención de la comida, pero lo siguió a través del salón hasta el comedor, donde la mesa estaba ya puesta.

–Este es mi mayordomo, Joseph –Dimitri le presentó al hombre que acababa de entrar en la habitación–. Su mujer, Halia, trabaja para mí como cocinera y ama de llaves. Por favor, toma asiento –le señaló una silla–. ¿Te apetece vino o un refresco?

–Agua, gracias.

Joseph había desaparecido, pero volvió casi inmediatamente para servir la cena. El aroma del cordero sazonado con hierbas y servido con patatas y verduras era tentador, y de repente descubrió que tenía un hambre voraz. ¿Era posible que apenas la tarde del día anterior hubiera cenado con Dimitri en París? Recordaba haber estado tan pendiente de él que apenas había picoteado su plato. Eran tantas las cosas que habían sucedido en veinticuatro horas...

El recuerdo de lo ocurrido durante algunas de aquellas horas le hizo ruborizarse. Dimitri desnudándola y tumbándola en la enorme cama de dosel; desvistiéndose y estirándose junto a ella en las sábanas de satén; inclinando la cabeza sobre sus senos y acariciándole los pezones con la lengua... Como resultado, se atragantó y tuvo que beber apresurada un sorbo de agua.

–¿Te encuentras bien?

–Sí, gracias. La comida está riquísima.

Contra lo esperado, terminó disfrutando de la cena, pero después la tensión regresó. A través de la cristalera podía distinguir la luna de plata recortada contra el cielo negro. Era ya tarde, y supuso que pronto Dimitri querría acostarse con ella.

–¿Te apetece postre o café?

Pensó que la cafeína empeoraría el dolor de cabeza que rápidamente se le estaba formando. Intentó forzar un tono animado, inconsciente de la leve desesperación que reflejaban sus ojos.

–De hecho, me preguntaba si querrías mostrarme mi habitación. Llevo pastillas para la jaqueca en la maleta.

–Por supuesto –Dimitri se levantó de la mesa y la guio fuera del comedor, escaleras arriba. Una vez en el rellano, se detuvo para abrir la puerta y la invitó a entrar.

La suite de habitaciones comprendía un salón que, a través de un alto arco, comunicaba con el dormitorio. Estaban decoradas con papel de pared de seda color champán, alfombras oro pálido y mobiliario de brocados dorados, a juego con la colcha de la cama. Louise no necesitó ver su chaqueta colgada sobre el brazo de una silla para saber que se trataba de la suite principal de la casa, la de *él*. Se tensó al descubrir que su maleta no aparecía por ninguna parte.

–Este es *tu* dormitorio, ¿verdad? Sé que tenemos un... trato –se ruborizó furiosamente cuando pensó en los términos del mismo–. Pero supuse que al menos dispondría de la intimidad de una habitación propia.

–Yo no lo estimé necesario –repuso Dimitri con tono suave–. Como tú misma has dicho, tenemos un acuerdo cuyas condiciones exigen que compartas mi lecho cada noche. Sin embargo, dispondrás de tu propio baño –atravesó la habitación y abrió una puerta para mostrarle un cuarto de baño y un vestuario empotrado–. Este es para ti, aunque podrás utilizar también el mío siempre que quieras –miró su reloj–. Tengo un par de llamadas que hacer, así que te dejo para que te vayas instalando. No tardaré mucho –un brillo divertido asomó a sus ojos ante su rebelde expresión–. Asegúrate de esperarme despierta, *glikia*.

El pánico le atenazó la garganta. La víspera se había dejado arrastrar por la pasión, pero esa noche la idea de acostarse con Dimitri, de tener sexo con él, le parecía tan fría, tan cerebral...

–¿Es mucho pedir que me permitas pasar esta primera noche sola? Tengo jaqueca –pronunció tensa.

–Entonces será mejor que tus pastillas hagan pronto efecto. Porque de aquí a media hora estaré de vuelta.

Se preguntó cómo había podido enamorarse de aquel hombre siete años atrás. En aquel preciso instante, con gusto lo habría asesinado.

–Canalla... –murmuró temblorosa.

Louise continuaba mirando fijamente la puerta cerrada largo rato después de que Dimitri se hubiera marchado, desesperadamente tentada de escapar de aquella habitación, de aquella casa, de *él*. La sensación de algo suave frotándose contra su pierna le hizo bajar la mirada. Con un ahogado grito de alegría, se agachó para levantar a Madeleine.

–He hecho un pacto con el diablo –susurró– y no tengo más remedio que cumplirlo.

La gata ronroneó suavemente antes de saltar al suelo y caminar con elegancia hasta el alféizar de la ventana donde, según descubrió Louise, alguien se había molestado en colocarle un cojín. Miró a Madeleine mientras se instalaba cómodamente y soltó un suspiro de tristeza.

–Me alegro de que *tú* sí te sientas como en casa, al menos.

Quince minutos después se había quitado el maquillaje, lavado los dientes y el pelo y vestido con el ancho camisón que se había traído. Dimitri se llevaría un chasco si esperaba encontrar a una glamurosa sirena en su cama, pensó con sombría satisfacción mientras se miraba en el espejo. El camisón era viejo y cómodo, largo hasta las rodillas.

Pero después de retirar la colcha para descubrir que dormía en sábanas de seda, no fue capaz ya de meterse en la enorme cama. En lugar de ello, permaneció de pie junto a la ventana contemplando el jardín en sombras y escuchando el implacable tictac del reloj.

–Tu elección de camisón no es lo que había imaginado –murmuró de pronto una voz, sobresaltándola.

Se giró para descubrir a Dimitri, que había entrado en la suite y se dirigía hacia ella, ahogados sus pasos por la mullida alfombra. Se movía con la sigilosa elegancia de una pantera. Se había despojado de la chaqueta y desabrochado la camisa casi hasta la cintura. La vista de su pecho bronceado, cubierto por un oscuro y fino vello, le aceleró el pulso. Despreciándose a sí misma por su debilidad, le espetó:

–Puede que me hayas forzado a dormir en tu cama, pero no me dictarás lo que me ponga o deje de ponerme.

–¿Que yo te he *forzado*, Louise? –enarcó las negras cejas–. No hay cerrojo en la puerta que te mantenga aquí encerrada, ni cadenas que te aten. Eres libre de marcharte cuando quieras –la estudió pensativo–. Si te soy sincero, estoy cansado de quedar siempre como una especie de villano. Somos dos personas adultas que hemos firmado un trato –sacó una hoja de papel de un bolsillo del pantalón, que le tendió–. Hace unos minutos he estado hablando con mi abogado, que me ha enviado un correo confirmando que ya ha empezado los trámites de compra de Eirenne. El dinero debería estar en tu cuenta bancaria en el lapso de una semana –se interrumpió para lanzarle una dura mirada–. Pero fácilmente puedo paralizar el proceso, si es que has cambiado de idea...

Al día siguiente su madre estaría en camino hacia el

hospital de los Estados Unidos. Cambiar de idea no era una opción, reflexionó Louise. Inspiró hondo.

–Quiero seguir adelante con la venta.

La luz de la luna se derramaba sobre el rostro de Dimitri, resaltando sus altos pómulos y su mandíbula decidida. Era un hombre arrogante e implacable, pero el brillo voraz de sus ojos le decía que el deseo que sentía por ella era tan intenso que ni siquiera él podía controlarlo. Ambos se hallaban atrapados por una necesidad física, y se estremeció al recordar su explícita intención de saciar su ansia haciéndole el amor hasta que hubiera desaparecido la indeseable fascinación que parecía sentir por ella.

–En ese caso, no necesitarás esto.

Antes de que ella pudiera evitarlo, Dimitri le agarró el borde del camisón y se lo sacó por la cabeza. Sabía que estaba ruborizada pero se negó a ceder a la tentación de cubrirse los senos con las manos. En lugar de ello alzó la cabeza, orgullosa.

–*Thee mou*, eres preciosa –siseó entre dientes mientras contemplaba su cuerpo desnudo–. Ya eras encantadora hace siete años, pero ahora no hay punto de comparación –murmuró con voz ronca.

«No, quiso gritarle Louise. No quería que le recordara la noche más increíble de su vida, a riesgo de que aquella evocación quedara empañada por el frío acoplamiento que estaban a punto de ejecutar.

Dimitri la tomó de la barbilla, deteniéndose al sentir la traicionera humedad de las lágrimas en su piel. Experimentó una punzada de irritación. ¿Realmente pensaba que iba a hacerle daño, o a poseerla por la fuerza? ¿O acaso pretendía hacer que se sintiera culpable por desear lo que ella misma le había ofrecido tan de buen grado la víspera?

–¿A qué vienen esas lágrimas, *pedhaki*? ¿Tan desagradable te resulto?

Louise se dijo que no podía haber escuchado aquella leve nota de dolor en su voz... no en un hombre tan duro e inmune a las emociones. Y sin embargo... alzó los ojos hasta su rostro y por un instante vislumbró a un Dimitri más joven, el mismo que le había hecho el amor con exquisita ternura siete años atrás, hasta hacerle sollozar de felicidad.

–¿Tienes miedo de mí? –le preguntó él, deslizando suavemente el pulgar por su labio inferior.

–No –reconoció sincera. No temía al menos que pudiera producirle un daño físico. Pero sí que le asustaba lo que él le hacía sentir.

–Yo nunca he tomado a una mujer por la fuerza... la simple idea me resulta aborrecible. Tú escogiste venir a Atenas conmigo –le recordó.

–Lo sé –se humedeció los labios secos con la lengua–. Me atendré a los términos de nuestro acuerdo.

Intentó ignorar la punzada de pánico que la asaltó cuando él la tomó de los hombros y la atrajo inexorablemente hacia sí. Nunca había advertido antes que el iris de sus ojos, de un verde aceituna, tenía un cerco de vetas doradas. «Como pequeñas llamas», pensó, inflamada ya de deseo. Dimitri bajó la cabeza y le rozó los labios con los suyos, levemente al principio, como si le estuviera dando la oportunidad de retirarse. Pero ella percibía su ansia, la sentía en las manos que le temblaban ligeramente, y él profundizó el beso hasta convertirlo en una erótica exploración de su boca que demolió todas sus resistencias.

Alzó una mano hasta su pecho y le acarició un pezón con los dedos. La sensación la atravesó como una flecha hasta la pelvis, avivando el ardor que sentía entre sus piernas, y con un ronco gruñido entreabrió los labios y le devolvió el beso. Sin dejar de besarla, Dimitri la levantó en brazos y se dirigió al dormitorio, para tumbarla sobre la cama.

«Es exquisita», pensó Dimitri mientras se arrodillaba a su lado y deslizaba delicadamente los dedos por su melena, de manera que sus rizos quedaron derramados sobre la almohada formando un halo dorado. La lámpara de la mesilla proyectaba una tenue luz sobre su piel cremosa. Sentía su piel como si fuera satén bajo sus dedos mientras exploraba cada rincón, decidido a grabar su recuerdo a fuego en su cerebro.

Sus senos eran redondeados, deliciosamente suaves y voluptuosos, y cuando enterró el rostro en el valle que se abría entre ellos, aspiró su delicada fragancia a lilas. Se incorporó para volver a besar su boca. El deseo retumbaba con un eco de tambores en sus venas: la deseaba con una urgencia que jamás había experimentado con ninguna otra mujer. Pero vislumbró un leve recelo en sus ojos, y el recuerdo de lo que ella le había dicho unos momentos antes volvió a acosarlo.

«Me atendré a los términos de nuestro acuerdo», le había dicho con tono desanimado, como resignada a un horrible destino. «*Gamoto!*», exclamó para sus adentros. Su orgullo masculino se resentía. No quería un cordero que sacrificar. Quería la gata salvaje que había conocido en su hotel de París, y se prometió que la tendría. Con diestros movimientos se despojó de la ropa y se inclinó de nuevo sobre ella, de manera que sus cuerpos desnudos quedaron completamente en contacto, de la cabeza a los pies. Su miembro duro como la piedra se clavaba en su vientre, y la oyó contener el aliento cuando tomó conciencia de su tamaño. La besó lenta y profundamente, arrancándole una respuesta que inflamó aún más su deseo.

Su cuerpo esperaba impaciente la liberación, pero se obligó a reducir el ritmo mientras bajaba la boca hasta un seno y capturaba el rosado pezón entre sus labios, para acariciarlo hasta que ella gritó su nombre. Vio que arqueaba el cuerpo en instintiva invitación y rio triunfante, antes de pasar a lamerle el otro seno.

–Dimitri... por favor... –susurró, trémula.

Le gustaba que no fuera capaz de negar el deseo que sentía por él. Deslizó las manos entre sus muslos, pero cuando descubrió la evidencia de su excitación, su contención se resquebrajó. Deteniéndose el tiempo justo para ponerse un preservativo, se cernió sobre ella.

–*Ise panemorfi* –las palabras brotaron solas mientras contemplaba sus ojos azul zafiro–. Tengo que poseerte ahora, *glikia mou*.

–Yo también te deseo –admitió Louise, y la abierta sinceridad que brilló en sus ojos lo conmovió. Ya no estaba jugando con él, ni fingiendo. Quizá nunca lo había hecho. Quizá nunca había dejado de ser la encantadora Loulou, la misma que se le había entregado con tata dulzura, años atrás.

Dejó, sin embargo, de pensar cuando se hundió en ella y sintió cómo se acomodaban sus músculos para recibirlo, para arrastrarlo aún más profundamente a su aterciopelada suavidad. Algo pareció anudarse en su corazón: un sentimiento de posesión que lo habría molestado si hubiera dispuesto de tiempo para analizarlo. Pero la sangre le atronaba en los oídos mientras ella se adaptaba a su ritmo y se movía con él, aceptando cada profundo y rápido embate.

Louise sollozó su nombre y alzó las caderas, tenso su cuerpo como un arco a punto de ser disparado, antes de que él la arrastrara al abismo. Se convulsionó por la fuerza del orgasmo, girando a un lado y otro la cabeza sobre las almohadas mientras le clavaba las uñas en los hombros. Y el autocontrol de Dimitri se hizo pedazos de manera espectacular.

–Gata salvaje –gruñó jadeante, y se sumergió en el éxtasis con ella.

Capítulo 8

TRANSCURRIÓ un buen rato antes de que Dimitri se apartara de Louise, sorprendido de su propia resistencia a romper el vínculo físico entre ellos. El sexo con ella había sido tan fantástico como el de la noche anterior, y experimentó una punzada de satisfacción masculina mientras se incorporaba sobre un codo y enredaba distraído uno de sus dorados rizos en un dedo.

–Ha sido increíble, *glikia*. Debería haber estipulado en nuestro acuerdo que te quedaras conmigo más de dos semanas.

Frunció el ceño al darse cuenta de que estaba hablando absolutamente en serio. No era que estuviera contemplando una relación a largo plazo, por supuesto. Estaba contento con la vida que llevaba, pero no podía negar que le resultaría fácil volverse adicto a la poderosa sensualidad de Louise. Estudió su rostro, todavía ruborizado por la pasión que habían compartido, y una vez más se sintió conmovido por su belleza, así como por el curioso aire de inocencia que le despertaba el impulso de reclamarla como suya y protegerla de cualquier daño.

–Quizá tengamos que renegociar los términos de nuestro trato –añadió en un murmullo.

Las palabras de Dimitri sacaron a Louise del feliz estado de relajación que había seguido al intenso placer físico, para devolverla a la cruda realidad. Un trato: a eso se reducía el sexo que había tenido con él. Y ella, estúpidamente, se había permitido imaginar que había sido una unión completa: no solo de sus cuerpos, sino también en sus almas. Tragándose el nudo de la garganta, se aferró a su orgullo.

–Convinimos en que durante ese periodo de tiempo yo sería tu amante –le recordó con frialdad–. Confío en que no te desdecirás de tu palabra para forzarme a permanecer aquí más tiempo....

–¿Otra vez con tus acusaciones de que yo te fuerzo a hacer cosas?

Su tono era suave y su furia controlada, pero el calor de sus ojos había desparecido.

–Yo no he visto señal alguna de tu supuesta resistencia a tener sexo conmigo. De hecho, tengo la impresión de que más bien lo has disfrutado. Y tengo marcas que lo demuestran.

Se sentó para que pudiera verle la espalda, y Louise se quedó sin aliento al descubrir varios enrojecidos arañazos en sus hombros, allí donde le había hundido las uñas en el calor de la pasión.

–Lo siento –le ardía el rostro de vergüenza–. Lamento haberte dejado esas marcas.

–Y a mí me halaga que me encontraras tan excitante, *glikia* –murmuró mientras volvía a tenderse y doblaba los brazos detrás de la cabeza en una postura de indolente relajación.

El largo y traumático día había pasado factura a Louise y en aquel momento estaba dolorida de cansancio, pero la perspectiva de compartir la cama de Dimitri durante el resto de la noche le resultaba insoportable. Extrañamente, dormir con él se le antojaba todavía más íntimo que tener sexo. Si hubieran sido verdaderos amantes, se habría refugiado en su pecho y él la habría acunado entre sus brazos hasta que se hubieran quedado dormidos.

Los recuerdos de la noche que habían pasado juntos

en Eirenne le desgarraban el corazón. Aquella noche habían dormido abrazados, y se habían despertado al amanecer para volver a hacer el amor. Pero en ese momento la situación entre ambos era muy diferente. Ella solamente estaba con Dimitri porque habían hecho un trato y, por esa noche, había cumplido con su parte más que de sobra. Bajó los pies de la cama y recordó que su camisón estaba en el salón. Durante su enloquecida sesión, Dimitri se lo había quitado y lo había arrojado el suelo. Rápidamente lo recogió y se lo puso para cubrir su desnudez.

–¿Adónde vas? –Dimitri frunció el ceño al verla alejarse de la cama.

–Si ya has terminado conmigo, me gustaría dormir sola en mi propia habitación. Entiendo que es una petición razonable.

Se sintió tentado de atraerla de nuevo a la cama para demostrarle que estaba lejos de haber terminado con ella. Pero su tensión claramente tangible y el súbito descubrimiento de que estaba a punto de perder la compostura lo disuadieron de hacerlo.

–Ninguno de los cuartos de invitados está preparado, y seguro que estarás de acuerdo conmigo en la inconveniencia de despertar a Halia a medianoche para que te prepare una cama.

–Bueno... entonces dormiré en el sofá.

Se ruborizó ante la expresión pensativa con que Dimitri se la quedó mirando. Esperaba que insistiera en que se reuniera con él en la cama, pero al cabo de unos segundos se encogió de hombros.

–Como quieras. Tengo una reunión importante por la mañana, y necesito dormir.

Dicho eso, volvió a tumbarse y cerró los ojos, absolutamente indiferente al modo y lugar donde ella deseara pasar el resto de la noche.

Media hora después Louise cambió de posición por

enésima vez en el sofá, intentando ponerse cómoda. Le había demostrado a Dimitri que no era su marioneta, pero por alguna razón su victoria le sabía hueca, vacía. Con un suspiro se envolvió en la sábana, deseando que el aire acondicionado no funcionara tan bien. Sentía frío, estaba cansada y tenía unas estúpidas ganas de llorar. De repente notó algo suave contra su mano. Era Madeleine, que saltó al sofá para tenderse en el hueco de sus rodillas.

–De aquí a dos semanas, Tina habrá respondido bien al tratamiento, Dimitri tendrá Eirenne y nuestro acuerdo habrá llegado a su fin –le dijo a la gata, preguntándose por qué aquella frase no le provocaba la satisfacción esperada.

La luz del sol al otro lado de sus párpados cerrados sacó a Louise del inquieto sueño en que finalmente había caído justo antes del amanecer. Se estiró, y esbozó una mueca cuando el dolor del cuello y hombros le recordó la incómoda noche que había pasado.

–Supongo que habrás pasado una buena noche –le dijo Dimitri nada más salir del cuarto de baño, vestido con traje oscuro, camisa blanca y corbata de seda azul marino. Tenía un aspecto imposiblemente atractivo y más que preparado para empezar un nuevo día... en contraste con Louise, que se sentía como si le hubiera pasado un camión por encima.

–Muy buena, gracias –rezongó. Su sonrisa de diversión le decía que sabía que estaba mintiendo. Se sentía cansada e irritable, y su arrogancia la sublevaba–. Me gustaría disfrutar de un mínimo de intimidad mientras esté aquí. Le pediré a Halia unas sábanas, para que pueda hacerme una cama en uno de los cuartos de invitados.

–No –replicó implacable–. Nuestro trato decía que

pasarías cada noche en mi cama. Y te agradecería que empezaras a comportarte como una mujer adulta, y no como una chiquilla caprichosa.

Louise hirvió de ira. La tentación de arrojarle a la cabeza el pisapapeles de mármol de la mesa del café llegó a ser tan grande que tuvo que cerrar los puños para contenerse. En lugar de ello, verbalizó su frustración.

—Puedes irte al infierno.

—Y *tú* puedes volverte a París y buscarte otro comprador para Eirenne. Porque, francamente, *glikia*, me estoy cansando de tu papel de mártir –se dirigió hacia la puerta, irritado–. Si no quieres estar aquí, eres libre de marcharte cuando quieras.

No añadió que, si ella se volvía a su casa, él no seguiría adelante con los trámites de adquisición de la isla, pero la tácita amenaza flotaba en el aire. Louise se mordió el labio, invadida por el pánico. ¿Por qué lo había hostilizado tan deliberadamente? Lo cierto, reconoció con no poco dolor, era que en aquel preciso momento deseaba que le hiciera el amor, pero su orgullo no le permitía admitirlo.

—Quiero estar aquí –bajó los pies al suelo y se levantó del sofá para enfrentarlo, agradecida de haberse puesto el camisón–. Lo que pasa es que todo esto me está resultando muy difícil –le confesó–. Nunca he vivido con un hombre. Siempre he vivido sola, con Madeleine como única compañía, y no estoy acostumbrada a este nivel de intimidad, ni a tener que compartir mi espacio personal con otra persona.

—¿Me estás diciendo que no has tenido muchos otros amantes?

Dimitri se quedó sorprendido de su propia curiosidad. Nunca había preguntado a sus amantes por su historia pasada, pero Louise lo intrigaba. Sexualmente su respuesta había sido tan apasionada que había supuesto que tenía experiencia: era por eso por lo que su aire de inocencia le asombraba tanto. Y luego estaba el asunto de su ropa de diseñador y el colgante de diamante que, según ella, habían sido simples regalos.

–No. No muchos –una vez más se impuso su orgullo, impidiéndola admitir que él había sido su único amante.

–¿Por qué no? Eres una mujer muy atractiva, y no puedo creer no hayas recibido ofertas de relaciones.

–No estoy interesada en tener una relación –se dio cuenta de que se había quedado esperando a que ampliara su comentario, y al cabo de un momento añadió en voz queda–: Durante toda mi infancia vi a mi madre saltar de una aventura a otra. Con ocho años me envió a un internado. Al final de cada curso nunca sabía dónde iba a pasar las vacaciones. Al principio solía pasarlas con mi abuela, pero cuando murió no me quedó otro remedio que quedarme con Tina y su amante de turno. Mi madre solía vivir en lujosos apartamentos cuando estaba de amante de algún millonario, pero inevitablemente, al cabo de unas pocas semanas o meses, él terminaba cansándose de ella y allí acababa la aventura. Luego se quedaba sin sitio donde vivir, y teníamos que alojarnos en hoteles o ella alquilaba una vivienda barata... hasta que encontraba otro hombre que la mantuviera.

Dimitri la escuchaba con atención. De repente Louise le lanzó una mirada feroz:

–Cuando vi la manera en que aquellos hombres trataban a mi madre, como si fuera un objeto y no una persona, me prometí a mí misma que nunca tendría una aventura ocasional, ni me dejaría mantener por ningún hombre.

Tina Hobbs no podía culpar a nadie más que a sí misma de la vida que había llevado, pensó Dimitri, sombrío. No sentía compasión alguna por la amante de su padre, pero por primera vez entendía la clase de ambiente en el que se había criado Louise, y lo mucho que eso la había afectado e influido. Los niños eran mucho más sagaces y perceptivos de lo que pensaban los adultos. Ya desde una edad muy temprana, las opiniones de Louise sobre los hombres se habían formado a fuerza de ser testigo de las experiencias de Tina, y Dimitri no podía culparla por mostrarse recelosa y desconfiada de todo el género masculino... él incluido.

—Y sin embargo fuiste lo suficientemente feliz como para tener una relación conmigo hace siete años —le recordó con tono suave, acercándosele.

Louise se tensó, nada deseosa de que le recordaran lo estúpida que había sido.

—Porque era joven y crédula.

—¿Qué quieres decir con que eras crédula? —Dimitri frunció el ceño—. Yo guardo buenos recuerdos del tiempo que pasamos juntos en la isla.

Supuestamente querría decir que había disfrutado poniéndola en ridículo y rompiéndole el corazón, pensó ella. Los recuerdos del daño que le había hecho, así como de los ríos de lágrimas que había derramado por él, le provocaron un sordo dolor en el pecho.

—Lo que sucedió entre nosotros fue hace mucho tiempo —afirmó, tensa—. Ya no soy la niña ingenua que era antes. Acepté ser tu amante a cambio de que compraras Eirenne, y estoy dispuesta a hacer cualquier cosa que me pidas.

Algo en la breve relación que compartieron en el pasado seguía inquietándola, reflexionó Dimitri. Era cierto que se habían separado bruscamente, y los sucesos ocurridos inmediatamente después de que Louise abandonara Eirenne le habían impedido volver a ponerse en contacto con ella. Cuando al fin había vuelto a estar en condiciones de intentarlo, Louise no había respondido a sus llamadas y él había terminado resignándose. Quería llegar al fondo de aquel misterio, pero una mirada a su reloj le confirmó que no tenía tiempo antes de su reunión con el director ejecutivo de una empresa rusa de exportación, con quien esperaba firmar un contrato. Cualquier conversación con Louise tendría que esperar hasta la noche. Aparentemente seguía desesperada por vender la isla, ya que había decidido quedarse y atenerse a los términos de su acuerdo.

—En ese caso, mi primera petición será que te libres de ese camisón de abuela —murmuró.

El camisón tenía una fila de diminutos botones en la parte delantera, que habría tardado demasiado tiempo en desabrochar. En lugar de ello, agarró la prenda y se la rasgó de golpe, haciendo saltar los botones en todas direcciones y arrancándole un sobresaltado grito.

—¡Tú... eres un neanderthal! —la voz le temblaba de furia—. Ahora no tendré nada con qué dormir...

—Petición número dos... No, es más bien una exigencia: dormirás desnuda. Tienes un cuerpo demasiado hermoso como para permanecer cubierto.

La recorrió lentamente con los ojos, deteniéndose en sus senos. El calor de su mirada le provocó un cosquilleo en la piel y, para su vergüenza, los pezones se le endurecieron, como reclamando orgullosos su atención.

—Veo que el aire acondicionado está demasiado alto... —murmuró él.

—Te odio —le espetó, ruborizada.

—¿De veras? —le lanzó una mirada sardónica—. Yo sin embargo creo que, más que a mí, odias lo que yo te hago sentir —le acunó los senos en las palmas y sonrió al sentir el temblor que la recorrió—. El deseo sexual entre dos adultos responsables no es motivo alguno de vergüenza —bajó la cabeza hasta acariciarle los labios con su aliento—. Me deseas. Y puedes estar segura de que yo también a ti.

Quiso negarlo, y se odió a sí misma por la candente necesidad que había empezado a recorrer sus venas. El corazón le martilleaba en el pecho mientras esperaba a que cerrara la distancia que separaba su boca de la suya. Ansió que la besara, y él debió de haber percibido su impaciencia porque soltó una ronca carcajada triunfal antes de reclamar ferozmente sus labios.

El efecto fue eléctrico. La pasión estalló instantáneamente entre ellos, al rojo vivo, hirviendo de urgencia. Quizá Louise llegara a resentirse de ello, pero nada pudo hacer para evitarlo mientras él profundizaba el beso. Dimitri deslizó las manos por su cuerpo y le acarició los senos. Sus dedos exploraron luego la zona entre sus muslos, descubriendo su resbaladiza humedad.

Todo desapareció de la conciencia de Louise excepto la necesidad de que Dimitri le hiciera el amor. Le deslizó la chaqueta por los hombros, le desabrochó los botones de la camisa y se la abrió para poder sentir su piel satinada y el hirsuto vello de su pecho bajo sus dedos. Temblaba por entero con la primitiva necesidad de recibirlo en su interior. En un impulso, se atrevió a delinear su duro miembro bajo el pantalón.

Dimitri musitó una áspera imprecación mientras la alzaba en brazos para llevarla al dormitorio. La tumbó en la cama y se arrodilló junto a ella, le agarró las muñecas y se las sostuvo sobre la cabeza mientras capturaba un rosado pezón con la boca. Lamió luego la tensa punta con la lengua y se concentró en su otro seno para succionarlo con fuerza, hasta que Louise gimió y arqueo las caderas en muda invitación. Louise era lo único en lo que podía pensar: en el ansia que sentía de su cuerpo. Lo excitaba como nunca lo había excitado ninguna otra mujer.

Y, sin embargo, algo acechaba en la periferia de la mente de Dimitri. El contrato ruso. La reunión de las diez de la mañana que, si transcurría bien, significaría seguridad laboral para los centenares de empleados de Kalakos Shipping. Y lo que le permitiría además ofrecer trabajo a otros cientos que se encontraban sin empleo en aquel momento de dificultades económicas que estaba experimentando Grecia.

Louise debió de haber percibido su vacilación. Lo miró fijamente, con expresión cada vez más recelosa, como si pensara que la estaba rechazando. El brillo de lágrimas que Dimitri descubrió en sus ojos le cerró el estómago.

–Dimitri, ¿qué pasa?

–Nada, *pedhaki* –se apresuró a consolarla–. Que mi sentido de la oportunidad es atroz. Esta mañana tengo una reunión para cerrar un trato que significará millones de libras para mi empresa, y lo que es más importante, que asegurará el puesto de trabajo de centenares de mis empleados.

Louise soltó un tembloroso suspiro. Por un momento había temido que Dimitri estuviera jugando un cruel juego destinado a demostrar su dominio sobre ella. Le acarició el ceño con un dedo. Había leído las páginas de economía de la prensa sobre los problemas financieros de Grecia, y la gran utilidad que representaban prósperas compañías como Kalakos Shipping para la recuperación del país. Sabía que Dimitri cargaba sobre sus hombros con una enorme responsabilidad.

–Entonces debes marcharte. La gente confía en ti y no puedes fallarles.

Dimitri inspiró hondo y apoyó la frente en la de Louise mientras aceptaba reacio que no iba a disfrutar del desahogo que ambos tanto ansiaban. Necesitó de toda su fuerza de voluntad para levantarse de la cama, y experimentó una violenta punzada de arrepentimiento cuando Louise se levantó también y se envolvió en la sábana.

–Lo siento –le dijo él con voz ronca–. Te prometo que te compensaré esta noche.

–Te lo recordaré –lo miró a los ojos.

Era tan encantadora... Su tímida sonrisa le llegó al

corazón. Ignorando el hecho de que llegaba ya tarde a la reunión, se inclinó para darle un último y prolongado beso.

—Anoche estuviste llorando en sueños.

Le delineó las ojeras con un dedo, recordando cómo lo había despertado un sonido poco antes del amanecer, y se había levantado para investigar el motivo de que Louise hubiera soltado aquel grito de angustia. La había visto acurrucada en el sofá, dormida. Pero había distinguido el brillo de las lágrimas bajo sus pestañas y se había sentido terriblemente tentado de despertarla para consolarla.

—Parece que tuviste un sueño que te asustó. ¿Quieres hablarme de ello?

Louise sacudió la cabeza. No había sido consciente de que había estado llorando, pero en ese momento recordaba fragmentos del recurrente sueño en el que había estado buscando en vano a su bebé. Lo miró y sintió una leve punzada cuando distinguió en sus ojos una expresión de ternura que no había visto antes. Por un instante se planteó confesarle lo de su aborto. Pero nunca se lo había contado a nadie, y le dolía. Lo que más temía era que eso no le importara, que se encogiera de hombros y le dijera que todo había sido para mejor, que él nunca había querido tener un hijo. No podría soportar oírle decir eso, cuando tanto había querido ella a su bebé.

—Yo... no recuerdo lo que he soñado —le dijo con voz ronca—. Probablemente sería sobre una película que he visto hace poco. Los finales tristes me afectan mucho.

Dimitri la miraba pensativo, nada convencido por su explicación.

—Si tienes algún problema que te inquieta, yo estaré encantado de ayudarte.

—Serás tú quien tengas problemas si llegas tarde a esa reunión.

Seguía resistiéndose a abandonarla. Cuando entraba

en el salón para recoger su chaqueta, otro pensamiento lo asaltó.

–*Theos!* –exclamó–. Hoy es quince. Se supone que esta noche doy una cena en casa, con invitados. Y mi hermana no puede ayudarme: está demasiado ocupada con su bebé –explicó a Louise, que lo había seguido envuelta en la colcha. Se pasó una mano por el pelo–. La cancelaré.

–No, no puedes hacer eso –Louise se mordió el labio–. No sabía que Ianthe había tenido un bebé.

Pensó en la hermana pequeña de Dimitri, con quien había coincidido un par de veces cuando visitaba a su padre en Eirenne. Aquellas visitas habían sido ocasiones incómodas, durante las cuales Tina había monopolizado la atención de Kostas mientras que Ianthe se había sentido claramente afectada por la ruptura de sus padres. A pesar de ello, sin embargo, una cierta amistad había surgido entre Louise y la chica griega, que era de una edad similar.

–La niña tiene seis semanas –le dijo Dimitri–. ¿Estás segura de que no importa lo de la cena? Puede que te guste ver el bebé... Ana es una ricura.

Louise sintió de pronto un peso de plomo en el estómago. El tema de los bebés siempre era doloroso; especialmente cuando aún tenía las emociones a flor de piel, después de la pesadilla. Pero no podía explicarle el temor que sentía de que el hecho de ver el bebé de su hermana le abriera una profunda herida en el corazón, e intensificara su dolor por la criatura que había perdido. Se dio cuenta de que Dimitri estaba esperando a que contestara.

–Estoy segura de que será encantadora. Y me gustará volver a ver a Ianthe.

–De acuerdo, todo arreglado –recogió su maletín, le dio un rápido beso en los labios, que le supo a poco, y se dirigió hacia la puerta.

–¿Será una cena formal? –Louise elaboró una lista mental de la ropa que se había llevado a Atenas y concluyó que no tenía nada adecuado que ponerse–. No he traído nada remotamente parecido a un vestido de noche. Lástima, porque tengo algunos en casa que habrían sido perfectos.

Dimitri se detuvo a medio camino de la puerta.

–¿Como el que llevaste en nuestra cena en París?

Apretó la mandíbula mientras recordaba el vestido negro Benoit Besson, y el elegante traje del mismo diseñador que Louise había lucido apenas el día anterior. Aún no había descubierto quién le había pagado aquella ropa. Intentó decirse que no importaba. No quería creer que Louise era una cazafortunas como su madre. Pero tampoco podía evitar sentir curiosidad por el misterioso benefactor que le había comprado todas aquellas prendas de alta costura.

Louise frunció el ceño, preguntándose si se habría imaginado el súbito tono cortante de su voz. Probablemente estaría pensando en su reunión de negocios y no querría llegar tarde por culpa de una conversación sobre ropa.

–El traje que llevé ayer estará bien, ¿no? –de repente se había acordado de que lo tenía en el armario.

–Sí.

Dimitri salió por fin de la habitación sin volverse para mirarla, dejando a Louise preguntándose por lo que haría durante todo el día cuando ni siquiera tenía su trabajo para mantenerse entretenida.

Capítulo 9

DESPUÉS del desayuno, servido por el mayordomo en la terraza, Louise pasó algún tiempo explorando la bien provista biblioteca de Dimitri, y se alegró de encontrar la última novela negra de uno de sus escritores favoritos. Pero aunque la trama era interesante, el día transcurrió con lentitud.

Esa tarde, a primera hora, telefoneó al hospital de Massachusetts y le alegró saber que Tina ya había llegado y estaba cómodamente instalada. El médico especialista esperaba comenzar el tratamiento al día siguiente, y se mostraba optimista sobre su pronóstico. Aunque se resentía de la condición que le había impuesto Dimitri, le estaba agradecida por haber aceptado comprar Eirenne. Ser su amante durante dos semanas era un precio que estaba dispuesta a pagar por la vida de su madre. Siempre y cuando recordara que él solamente deseaba su cuerpo, no existía peligro de que pudiera suponer una amenaza para su corazón.

–¿*Kyria* Frobisher? –Joseph cruzó la terraza hacia donde Louise estaba sentada, bajo una sombrilla–. *Kyrie* Kalakos me ha encargado que le diga que si desea utilizar la piscina, dispone de un surtido de bañadores en el vestuario –le dijo en griego.

–*Efjaristó* –sonrió al mayordomo. El sol de la tarde era abrasador y la idea de refrescarse en la piscina resultaba tentadora. Siguiendo las indicaciones de Joseph, descubrió una enorme piscina rodeada de baldosas de mármol que resplandecían bajo el sol. Allí la temperatura del aire era todavía más alta, y los altos pinos que rodeaban la zona evitaban que la brisa rizara la superficie del agua color turquesa.

El vestuario estaba abierto, y después de unos minutos de búsqueda localizó una caja que contenía varios biquinis. ¿A quién habrían pertenecido?, se preguntó. Detestaba la idea de que Dimitri hubiera invitado a otras mujeres a su casa. Por el atrevido diseño de algunos de ellos, adivinó que sus amantes gustaban mucho más que ella de exhibir su físico. Escogió un sencillo biquini negro que cubría bastante más que un par de triángulos unidos por una cinta, y una vez que se hubo cambiado, volvió a salir para zambullirse en la piscina. La sensación del agua fresca en su piel acalorada fue una bendición. Nadó durante un rato y se tendió luego al sol, diciéndose a sí misma que solamente cerraría los ojos por un momento...

–Espero que te hayas puesto crema.

La voz de Dimitri la sacó de su sopor y abrió los ojos para descubrirlo dirigiéndose hacia ella. El corazón le dio un vuelco al ver que se sentaba en el borde de su tumbona. Había cambiado su traje de ejecutivo por un pantalón corto negro y una camiseta sin mangas, y estaba guapísimo.

–No te has puesto, ¿verdad? Tienes la piel muy blanca. ¿No eres consciente de lo rápido que te la puedes quemar con este calor?

Efectivamente era guapísimo, pero también muy autoritario, pensó Louise con tristeza.

–No soy ninguna niña –le recordó–. Solo pretendía tumbarme unos minutos.

–Pues a veces te comportas como tal –recorrió su cuerpo con la mirada, pensando en lo increíblemente sexy que estaba con aquel biquini que se ataba detrás del cuello. Su ceño desapareció para ser reemplazado por un perverso brillo en los ojos que le aceleró el pulso–: Aunque ciertamente que no pareces una niña, *glikia*. Eres una mujer bella y sensual –murmuró contra sus labios antes de deslizar la lengua en el húmedo interior de su boca.

Dimitri vio que reaccionaba con una disposición que consiguió excitarlo instantáneamente. No pudo evitar experimentar un sentimiento de posesividad tan inesperado como indeseado. Tenía que admitir que Louise no había abandonado su mente durante todo el día, incluso durante la reunión con los rusos, de lo impaciente que había estado por volver a casa para acostarse con ella. Deslizó los labios por su hombro desnudo.

–Te ha dado demasiado el sol. Me encantan tus pecas.

–No, ¿de veras? ¿Tengo pecas?

Su horrorizada expresión le arrancó una sonrisa.

–Oh... oh. Hay una aquí –le besó una mejilla–. Y aquí –le besó la punta de la nariz–. Y aquí... –fue besándola hasta llegar a su labio inferior.

–No te creo –murmuró ella sin aliento, cuando Dimitri se apartó por fin después de un sensual beso–. No tengo pecas en la boca.

Dimitri se echó a reír. Sus miradas se encontraron y el tiempo pareció suspenderse. Louise recordó el tiempo que habían pasado juntos en Eirenne, la manera en que había bromeado y le había hecho reír, hasta que, temblando ambos de necesidad, la había llevado a la casa del pinar para hacerle el amor. El deseo se enroscaba en su interior, como lava ardiente acumulándose en su pelvis. El recuerdo de lo que había estado a punto de suceder esa mañana asaltó su mente y se reclinó en la tumbona.

–Has vuelto más temprano de lo esperado –murmuró–. ¿Qué tal la reunión?

–Fructífera. Firmamos el contrato –Dimitri le acarició un muslo y fue subiendo la mano hasta la braga del biquini. La presión que sentía en la entrepierna resultaba casi dolorosa. La tensión sexual reverberaba en el

aire. La temperatura corporal de ambos estaba alcan-
zando rápidamente el punto de combustión, y la manera
en que ella lo miraba le aceleraba el pulso. Intentó convencerse de que disponía de tiempo de sobra para hacerle el amor antes de la cena de aquella noche.

De repente recordó que había hecho una parada en su
camino de vuelta a casa para visitar una selecta boutique.

—Te he comprado esto —le dijo, tendiéndole la caja
que había llevado hasta la piscina—. Es para que lo lleves
esta noche —le explicó mientras ella se sentaba en la
tumbona y miraba desconfiada la caja, como temiendo
que contuviera una bomba.

Louise leyó el nombre de una conocida firma italiana
de moda grabado en letras doradas en la tapa. Una in-
quietante sensación de familiaridad se apoderó de ella,
y se estremeció a pesar del calor reinante.

—No creo que... —empezó.

—No sabrás si te gusta hasta que no lo hayas abierto.

Sin añadir otra palabra retiró la tapa, apartó el papel
de seda y sacó un vestido de noche, de seda color azul
zafiro. El silencio reverberaba de tensión.

—¿Te gusta?

—Es precioso —Louise tuvo que reconocer que el vestido era una obra maestra de diseño espectacular, seguramente carísima—. Ha debido de costarte una fortuna
—lo dobló cuidadosamente y lo envolvió de nuevo en el
papel de seda. Después de cerrar la tapa, le devolvió la
caja—. No puedo permitirme un vestido así.

—No espero que lo pagues —entrecerró los ojos al
darse cuenta de que estaba hablando perfectamente en
serio, decidida como estaba a devolvérselo—. Este vestido es un regalo.

—No, gracias —su negativa fue instantánea. Instintiva.

Recuerdos de su infancia desfilaron por la mente de
Louise. Evocó a su madre abriendo jubilosa una caja
que le había sido entregada en su apartamento de Roma,

propiedad de un conde italiano, Alfredo Moretti. Un hombre calvo y de baja estatura, pero también inmensamente rico, que la había tomado como amante. Presa de una ligera náusea, procuró desterrar aquel recuerdo. Dimitri parecía sorprendido y disgustado por la vehemencia con que había rechazado su regalo, pero nada podía hacer ella para evitarlo.

—No tienes por qué hacerme regalos... y menos aún ropa cara de diseñador. Lo siento, pero no puedo aceptar el vestido.

Dimitri miró la caja que ella le devolvía, sin tomarla.

—Pero sí que aceptas ropa cara de otra persona —repuso en voz baja, con un tono que, por alguna razón, le provocó un estremecimiento—. Me dijiste que aquellas creaciones Benoit Besson eran regalos... entiendo que de algún amante rico. ¿Por qué no puedes aceptar un regalo mío?

—Eso era diferente. Benoit me dio la ropa.

—¿Quieres decir que eres la amante de Besson?

Louise no supo identificar la expresión que veía en los ojos de Dimitri: era una mezcla de especulación y desprecio. Aquello la indignó.

—Benoit es amigo mío —explicó, tensa—. Lo conozco de hace años. Cuando era estudiante de moda, yo era su «musa», como solía llamarme, y diseñaba para mí todo tipo de extravagantes y maravillosas creaciones. Luego se convirtió en un diseñador famoso, y a veces le gusta ensayar sus ideas conmigo antes que en su estudio. La ropa que me regala la hace específicamente para mí: prototipos que más tarde presentará en las pasarelas.

—Entiendo —Dimitri se relajó un tanto, capaz finalmente de sacudirse las desagradables sospechas que había albergado sobre ella. Pero su satisfacción no duró mucho.

—¿Qué es lo que entiendes? —le espetó Louise. Podía ver con demasiada claridad lo que él había estado pensando, y la furia y el dolor se alzaron como una ola cuando se dio cuenta de la terrible verdad–. ¿Pensabas que esos vestidos eran regalos de hombres ricos, verdad? Pensabas... –se interrumpió, tan indignada que apenas podía hablar–. Pensabas que yo era como mi madre: que estaba dispuesta a convertirme en la amante de algún tipo rico a cambio de posesiones materiales... ¿Era también eso lo que pensabas cuando me acosté contigo en París? –alzó la voz, levantándose de un salto de la tumbona–. ¿Pensabas que solo porque me habías invitado a una cena cara me habías *comprado*?

–Te acostaste conmigo porque esperabas persuadirme de que te comprara Eirenne.

Louise palideció. Las palabras de Dimitri permanecían suspendidas en el aire. Ni siquiera podía mirarlo.

–Querías ese millón de libras lo antes posible, ¿no? –continuó él, sin el menor remordimiento–. Pero nunca me explicaste por qué necesitabas el dinero.

–No tengo por qué explicarte nada –miró su dura expresión. El calor que antes había visto en sus ojos cuando bromeó con ella sobre sus pecas había desaparecido por completo. Era como si un abismo acabara de abrirse entre ellos–. Yo *no* soy como Tina –declaró, rabiosa–. Ella es mi madre, y la quiero, pero detesto la vida que llevaba.

Louise no entendía por qué le importaba tanto la opinión que él pudiera tener de ella, pero deseaba convencerlo desesperadamente de que no era como la amante de su padre, a la que tanto había despreciado.

–El dinero no es para mí. Es para ayudar... a alguien que me importa –como él seguía sin decir nada, continuó con voz ronca–: No fue esa la razón por la que me acosté contigo en París. Fue porque... porque yo... –se interrumpió para mirarlo con expresión desolada, consciente de que sería una estúpida si le revelaba la verdad: que había anhelado revivir la noche tan especial que habían compartido en Eirenne siete años atrás.

–¿Porque qué? –exigió saber Dimitri. Se levantó y caminó hacia ella, apretando la mandíbula cuando la vio retroceder–. Si no fue para convencerme de que te comprara la isla, ¿por qué hiciste el amor conmigo? ¿Fue porque no pudiste evitarlo? ¿Porque me deseabas tan desesperadamente que no pudiste resistirte, ni negar el deseo que sentías por mí?

Le entraron ganas de que se la tragara la tierra. La avergonzaba terriblemente que él hubiera sido tan consciente del efecto que ejercía sobre ella.

–Canalla arrogante... ¿Qué es lo que quieres de mí? ¿Hacerme sangre o solo mi completa humillación?

–Ninguna de las dos cosas –la agarró de los hombros para evitar que saliera huyendo–. Te estoy diciendo lo que fue para *mí*. Estaba enumerando las razones por las que *yo* te hice el amor, *glikia mou*.

Louise estaba demasiado dolida para creer en sus palabras.

–No me llames así. Tú creías que yo era como tu madre... y recuerdo que una vez la llamaste «fulana»...

–Estaba celoso –replicó, tenso–. Cuando me dijiste que toda aquella ropa era regalada, me pareció razonable suponer que eran regalos de algún hombre... y me puse celoso. Detesto imaginarte con otros amantes... aunque sé que has debido de tener algunos desde que fuiste mía, hace siete años.

–¿Que tú te pusiste celoso? –Louise soltó una amarga carcajada–. ¿Qué derecho tienes a ello, cuando tienes una reputación de playboy y tus numerosas aventuras salen hasta en las revistas? –estaba hirviendo de furia–. Eres tan prepotente...

–No me siento orgulloso de lo que siento –admitió, sombrío–. Nunca me había pasado eso antes... esas ganas que me entran de matar a cualquier tipo que se acerque a ti.

Louise se dio cuenta, sobresaltada, de que estaba ha-

blando en serio. Dimitri parecía tan consternado como
ella por su propia confesión. Desaparecida su furia, se
encogió de hombros con gesto cansado.

–Yo nunca fui tuya. Pasamos un par de bonitos días
en Eirenne y nos acostamos una noche. Ambos sabemos
que solo me hiciste el amor para hacer daño a mi madre.

Dimitri pareció genuinamente sorprendido.

–¿De dónde has sacado una idea tan absurda?

Louise lo ignoró. El dolor acumulado durante aquellos
años la inundó como el torrente de un dique reventado.

–No tenía la menor oportunidad, ¿verdad? –pronunció
con amargura–. Admito que era lastimosamente ingenua
para ser una chica de diecinueve años, pero, maldita sea,
tú te aprovechaste de mi inocencia. Me desvirgaste sin
pensártelo dos veces.

Dimitri se tensó ante su acusación. Se vio asaltado
por el estupor y por otro sentimiento que no quiso definir, pero que se parecía peligrosamente a la posesividad.

–¿Me estás diciendo que yo fui tu primer amante? En
aquel tiempo me dijiste que habías tenido otros novios.

Louise se ruborizó culpable, consciente de que no
había sido del todo sincera con él.

–Había salido un par de veces con chicos que conocía de la universidad. Pero nunca había tenido una... relación sexual. La mayor parte de mi adolescencia la
pasé en un internado femenino y apenas tuve oportunidad –suspiró–. Puede que Tina no fuera una buena madre, pero siempre se mostró muy protectora conmigo...
especialmente por lo que refiere a los novios. Debí de
resultarte una presa fácil.

Se encogió por dentro cuando recordó la manera en
que años atrás había caído en las manos de Dimitri,
como una fruta madura. En París, y de nuevo la noche
anterior, había vuelto a acostarse con él con vergonzosa
facilidad. ¿Acaso no había aprendido nada? ¿Dónde estaba su amor propio?, se preguntó, furiosa.

Dimitri sacudió la cabeza.

—La relación que tuvimos en Eirenne no tenía nada que ver con tu madre. No sé por qué Tina salió con todos aquellos absurdos sobre mis motivaciones, pero sospecho fue porque yo le repelía tanto como ella a mí, y estaba decidida a ponerte en mi contra.

—No puedes negar que la culpaste de la muerte de tu madre —replicó Louise, vehemente—. O que la hacías responsable de tu distanciamiento con tu padre. Cuando Tina te acusó de haberte acercado a mí porque querías perjudicarla a ella, tú lo admitiste. Dijiste que era cierto. Y luego tú... —se le quebró la voz—. Te marchaste sin dirigirme la palabra. Ni siquiera me miraste. Aunque... ¿por qué habrías de haberlo hecho? Yo ya había servido a tu propósito. Habías hecho enfadar a mi madre, que era todo lo que te importaba. A mí nunca me quisiste.

—Si me marché, fue porque eran muchas las probabilidades de que terminara haciendo algo de lo que pudiera arrepentirme después —explotó Dimitri, y aspiró profundo—. Mírame —le ordenó con tono más tranquilo —como ella se negó, deslizó una mano bajo su barbilla y la obligó a girar la cabeza para encontrarse con su mirada—. Te juro que la única razón por la que te hice el amor en Eirenne fue porque no podía evitarlo. Yo no fui allí aquel verano con la intención de seducirte. *Theos*... —soltó una áspera exclamación—. Fui a la isla para recoger algunas cosas de mi madre que todavía estaban en la antigua casa. Había muerto dos meses antes. Si se tomó a propósito esa sobredosis de somníferos o si fue un accidente, no lo sabremos nunca. Ciertamente que se quedó destrozada cuando mi padre pidió el divorcio, pero no escribió nota alguna, y yo no puedo creer que escogiera deliberadamente abandonarnos a mi hermana y a mí.

Louise lo escuchaba emocionada. Dimitri alzó la otra mano para apartarle delicadamente un rizo de la cara.

—Cuando te vi en la isla, mi único pensamiento fue

que la chiquilla que recordaba se había convertido en una mujer espectacular y, para serte brutalmente sincero, en seguida me dejé obsesionar por el deseo de llevarte a la cama. El dato de que fueras hija de la amante de mi padre era irrelevante, y cuando pasamos algún tiempo juntos y pude conocerte mejor, me di cuenta de que no tenías nada que ver con Tina.

Louise continuaba mirándolo en estupefacto silencio.

–Después de abandonar Villa Afrodita, ya más tranquilo, se me ocurrió que quizá habías malinterpretado lo que había dicho –continuó él–. Volví con la intención de hablar contigo... para encontrarme con que te habías ido. Salí corriendo hacia el muelle para alcanzarte, pero ya estabas en el barco y te negaste a esperar y a escucharme.

La explicación que le estaba proporcionando Dimitri sobre lo sucedido años atrás parecía perfectamente razonable, pensó Louise, temblando. ¿Sería posible que ella se hubiera equivocado y lo hubiera juzgado mal? La posibilidad se le antojaba insoportable cuando había pasado tanto tiempo pensando que la había manipulado cruelmente. Había sido tan joven e insegura... Se había quedado deslumbrada por el impresionante físico de Dimitri y su mágico encanto, y abrumada de que él se hubiera interesado por ella. Su falta de autoconfianza explicaba asimismo la facilidad con que se había creído la versión de su madre, y al final se había sentido una completa estúpida por imaginar que un guapísimo playboy como él podía haberla deseado a ella.

Le costaba pensar con coherencia cuando Dimitri estaba tan cerca que podía sentir el calor que despedía su cuerpo. El aroma de su loción tentaba sus sentidos, y cuando lo miró a los ojos y vio su expresión de ternura, el corazón le dio un vuelco. Ansiaba apoyarse en él y dejarse envolver por sus fuertes brazos.

–¿Cómo puedo creer que lo que me has dicho es verdad? ¿Que no me engañaste para que me acostara contigo? Te vi en el muelle cuando me alejaba de la isla, pero estaba dolida y confundida, y no podía soportar la idea de hablar contigo en aquel momento. Si te hubiera importado algo, te habrías puesto en contacto conmigo. Te dije que estaba estudiando en la universidad de Sheffield, y tenías mi número de teléfono. Pero cuando te telefoneé unas semanas más tarde, te negaste a aceptar mi llamada. Tu secretaria me dijo que no estabas disponible.

—Mi secretaria ayudante te dijo la verdad —Dimitri se pasó una mano por su pelo oscuro—. *No* estaba disponible. Estaba en Sudamérica con mi hermana... que se hallaba entre la vida y la muerte en la unidad de urgencias de un hospital.

—¿Qué sucedió? —inquirió Louise, sin aliento.

—Ianthe se había ido a pasar las vacaciones al Perú, en una excursión de aventura, cuando se cayó de su caballo en un sendero de montaña, a decenas de kilómetros de la civilización. Tardaron tres días en trasladarla a la ciudad más cercana, y para entonces estaba en coma. Tenía múltiples lesiones, incluida una fractura de cuello.

—¡Oh, Dimitri! ¿Se encuentra bien ahora?

—Afortunadamente se recuperó del todo, pero le llevó mucho tiempo; los médicos llegaron incluso a temer que no volvería a andar. Yo viví prácticamente durante semanas en aquel hospital, sentado junto a su cama, hablándole. Me dijeron que el sonido de su voz podía despertarla. Y no dejé de hacerlo.

La expresión de Dimitri se tornó sombría mientras evocaba la angustiosa espera y lo mucho que rezó para que Ianthe pudiera despertarse y ponerse bien. Había sollozado de felicidad cuando finamente Ianthe salió del coma y los médicos le confirmaron que su médula espinal no había quedado dañada.

—Dejé en suspenso mi vida y mis obligaciones durante aquel tiempo. Tu nombre estaba en la lista de llamadas recibidas que me pasó mi secretaria, e intenté telefonearte desde Perú, pero, para serte sincero, no podía pensar más que en mi hermana. Mi relación con mi padre seguía tensa, pero tuve que hablar con él para informarle regularmente del estado de Ianthe. Él me comentó que te estaba yendo bien en la universidad y yo pensé... –se encogió de hombros–. Evidentemente estabas siguiendo adelante con tu vida. Me pareció más justo dejarte en paz... sobre todo cuando no sabía cuánto tiempo más tendría que quedarme en Sudamérica.

Louise retrocedió mentalmente a aquellos oscuros días que siguieron a la pérdida de su bebé. Dimitri efectivamente la había llamado y dejado un breve mensaje con su número de móvil, pero ella no había intentado volver a ponerse en contacto con él. Viendo las cosas en retrospectiva, probablemente había sido mejor así, reflexionó triste. Él ya había estado suficientemente preocupado por su hermana. La noticia de que había tenido un aborto habría supuesto un gran choque, sobre todo cuando no había sabido que estaba embarazada.

Repasó mentalmente todo lo que Dimitri le había dicho. Según él, siete años atrás no había albergado ninguna motivación oculta para con ella, sino que simplemente se había sentido atraído. Si realmente no la había manipulado, como ella había pensado durante todo ese tiempo, ¿sería posible que su breve aventura hubiera significado algo para él, después de todo?

–Louise, nunca fue mi intención hacerte daño. No voy a fingir que siento por Tina otra cosa que no sea desprecio –reconoció–. Desde el principio de su aventura con mi padre, me di cuenta de la clase de mujer que era. Pero tú no eres responsable de sus actos. Yo la culpaba a ella por haber roto el corazón de mi madre, pero a mi padre lo culpaba igualmente –suspiró–. Ambos nos vimos atrapados por la relación de nuestros padres, pero eso no tenía nada que ver con lo que sentía por ti hace siete años.

–¿Qué es lo que sentías por mí?

–Me parecías una chica encantadora, y probablemente demasiado joven para mí –sonrió, triste–. Después de que abandonaras la isla, no podía sacarte de mi cabeza. Pero luego Ianthe resultó herida y mi lugar estaba a su lado. Me necesitaba, y yo estaba dispuesto a cuidar de ella durante el resto de mi vida en caso necesario. Hace siete años, la ocasión no era la adecuada para que forjáramos una relación. Pero ahora el destino ha conspirado para reunirnos de nuevo –murmuró.

Sentía curiosidad por conocer la identidad de aquella persona que Louise le había confesado que le importaba tanto. Evidentemente él o ella debía de significar mucho para ella, cuando tan dispuesta estaba a hacer lo que fuera para recaudar el dinero necesario para ayudarlo. Pero esa persona... ¿sería su amante? Le costaba creerlo. Por la manera en que ella había reaccionado, estaba seguro de que él era el único hombre en su vida...

Deseaba que le creyera... aunque no le sorprendía que no lo hiciese, después de las mentiras que su madre le había contado sobre él años atrás. La confianza era algo que crecía lentamente, conforme una relación se desarrollaba. ¿Pero acaso él quería una relación con Louise que estuviera basada en algo más que en un sexo fantástico?

–Cuando hace una semana te vi entrar en mi despacho, me sentí como si me hubieran noqueado –le confesó de golpe–. Estabas impresionante, y de haber seguido mi primer impulso, te habría hecho el amor allí mismo, encima de mi escritorio. No podía olvidarte, así que utilicé mi interés en comprar la isla como excusa para citarme contigo en París.

Louise no podía apartar la mirada de los ojos de Dimitri. Su voz era tan suave que parecía envolverla en un manto de terciopelo, arrastrándola hacia él. El corazón le dio un vuelco cuando vio que bajaba lentamente la cabeza hacia ella.

–Me alegro de que estés aquí conmigo –le dijo, y la besó.

Fue un lento, embriagador beso que le removió el alma. Louise no pudo resistirse y entreabrió los labios para que él pudiera deslizar la lengua y explorar el interior de su boca.

–Yo también –las palabras se le escaparon antes de que pudiera evitarlo. Pero era la verdad, reconoció mientras Dimitri la alzaba en brazos para depositarla sobre la tumbona.

Se arrodilló junto a ella y Louise le echó los brazos al cuello para acercar su boca a la suya. El beso se tornó fiero y ávido conforme la pasión se fue imponiendo. A Dimitri le temblaban las manos cuando le desató el lazo de la parte superior del biquini y se lo bajó para desnudar sus senos.

–Te deseo, *glikia mou* –murmuró con voz ronca–. Y no creo que me canse nunca de ti.

Lo observó quitarse la camisa y el pantalón corto, y la garganta se le secó a la vista de su cuerpo desnudo y bronceado. Era una obra de arte, tan perfecta como una estatua de Miguel Ángel. Recorrió con los ojos el oscuro vello que descendía como una flecha por sus poderosos abdominales para ensancharse en su pelvis. El tamaño de su miembro le hizo contener el aliento, y un húmedo calor se concentró entre sus muslos cuando vio la mirada casi feroz que le lanzó en el instante en que se cernía sobre ella. Pronto estaría dentro... Louise arqueó las caderas, impaciente por recibirlo, pero de repente él sonrió y sacudió la cabeza.

–Aún no. No hasta que estés dispuesta.

El contacto de sus labios cerrándose sobre un pezón y luego el otro era tan exquisito que se entregó en cuerpo y alma a aquel ciego placer. El corazón le retumbaba en el pecho cuando Dimitri se dedicó a cubrirla de be-

sos. Lo que estaban haciendo se le antojaba algo maravillosamente decadente allí, al aire libre y a la luz del
día, con el sol derramándose sobre ellos.

Pero entonces él deslizó una mano entre sus muslos
y se los separó delicadamente para explorarla primero
con los dedos y luego con la lengua, y el mundo desapareció de golpe para Louise, completamente esclavi-
zada por aquellas sensaciones.

–Louise... –gruñó Dimitri cuando ella estiró una mano
para acariciar su largo miembro excitado–. Tiene que
ser ahora.

El sudor brillaba en los abultados músculos de sus
hombros mientras se instalaba entre sus muslos. Jamás
antes se había sentido así... tan fuera de control. No estaba
seguro de que le gustara la sensación. Estaba acostum-
brado a ejercer constantemente el mando de sí mismo y
de todos los que lo rodeaban. Pero cuando Louise le son-
reía como lo estaba haciendo en aquel instante, con los
ojos tanto como con la boca, sentía... sentía como si nada
en el mundo fuera tan importante como hacerle feliz.

–Dimitri... –su nombre abandonó sus labios en un
suave suspiro, y ella lo miró a los ojos y vio sus dimi-
nutas vetas doradas ardiendo como llamas. Y luego él
la penetró tan poderosamente que la dejó sin aliento.

Pero fue placer y no dolor lo que le hizo gritar, y
mientras Dimitri se retiraba casi por entero para hundirse
de nuevo, ella arqueó la espalda para recibir mejor cada
embate.

Su mujer... *Su* mujer... Aquellas dos palabras reso-
naban como un tambor en la cabeza de Dimitri y se aco-
plaban al ritmo de sus movimientos conforme aumen-
taba la velocidad. Estaba fuera de control, arrebatado
por la primitiva necesidad de poseerla. Más rápido, más
fuerte... La llenaba con cada embate... y Louise adoraba
la manera que tenía de moverse dentro de ella, fun-
diendo sus cuerpos en uno. Le pertenecía: en cuerpo y

alma. El pensamiento flotó en su mente como una pluma transportada por la brisa.

Hasta que él se hundió todavía más profundamente y Louise dejó de pensar, concentrada como estaba en la explosión de placer que detonó en su interior y envió oleadas de sensaciones que arrasaron cada una de sus terminales nerviosas en un orgasmo sobrecogedor. Dimitri alcanzó el orgasmo casi a la vez. Se resistió por unos segundos, pero la intensidad del placer causado por sus músculos internos al tensarse en torno a él resultó imposible de soportar. Finalmente soltó un gruñido salvaje, una alta ola lo barrió y sintió la dulce marea de liberación abandonando su cuerpo.

Durante un buen rato fue incapaz de moverse. Se sentía completamente relajado, con la cabeza apoyada en los senos de Louise, reacio a apartarse de ella y a romper el vínculo. No había disfrutado de un sexo tan fantástico desde... no podía recordar cuándo. «Quizá nunca», apuntó una voz interior. Pero seguía siendo solamente eso: un sexo fantástico. No había razón para pensar que la salvaje pasión que acababa de experimentar con Louise fuera algo más profundo. «Ninguna razón en absoluto», se recordó mientras levantaba la cabeza de su pecho para descubrir un brillo de lágrimas en sus pestañas.

–*Pedhaki*, ¿estás bien? ¿Por qué lloras?

Louise se tragó las lágrimas que le cerraban la garganta. Se sentía estúpidamente sensible y absolutamente abrumada.

–Es que ha sido... precioso.

Dimitri asintió. La palabra lo describía perfectamente. Él no habría podido decirlo mejor.

Capítulo 10

ESTÁS increíble –murmuró Dimitri esa misma tarde, cuando salió del baño y vio a Louise con su vestido de noche de seda azul.

–Es un vestido precioso –Louise estudió su imagen en el espejo y sintió una pequeña punzada de femenino placer–. Gracias por habérmelo comprado.

Había aceptado llevar el vestido con la condición de que Dimitri no le haría más regalos. Creía en lo que le había dicho de que no pensaba en absoluto que ella fuera como su madre, pero el recuerdo de Tina luciendo joyas y ropa cara de sus amantes fortalecía su decisión de no aceptar más regalos de él.

–El diamante *fleur-de-lis* de mi abuela habría sido el complemento perfecto –expresó sus pensamientos sin darse cuenta.

–¿El colgante pertenecía a tu abuela?

–Sí. Mi abuelo se lo entregó como regalo de bodas. Al morir, ella me lo dejó a mí. Lo adoraba por lo mucho que me la recordaba.

Había juzgado injustamente a Louise, reflexionó Dimitri, culpable. Se había apresurado a tacharla de cazafortunas, cuando no se parecía en nada a su madre.

–Hablas como si no lo tuvieras ya.

Se produjo un breve e incómodo silencio antes de que Louise se apresurara a explicar:

–Está en la joyería. El broche estaba suelto. De hecho, fue precisamente allí a donde fui después de marcharme del hotel en París.

No era una mentira. El joyero le había dicho que el broche de la cadena de oro fallaba y que tendría que repararlo antes de poder venderlo de nuevo. Pero Dimitri la estudiaba con atención, como adivinando que le estaba escondiendo algo.

–No importa –dijo al fin–. No necesitas ningún adorno. El color del vestido queda perfecto con el de tus ojos: por eso lo elegí.

El beso que le dio contenía tanta ternura como deseo, y Louise se derritió de placer, entreabriendo los labios para permitirle a su lengua saborear el húmedo interior de su boca.

–Sabía que tenía que haber cancelado la cena –gruñó él poco después, preguntándose cómo iba a poder soportar aquella velada con su miembro duro como una roca presionando constantemente contra su bragueta.

Los invitados a la cena eran amigos, que no socios de Dimitri. Louise advirtió su sorpresa cuando se enteraron de que estaba instalada en su casa, lo cual la sorprendió a su vez ya que había dado por supuesto que invitaría a menudo a sus amantes a su hogar. No le gustaba pensar en sí misma como una amante. Después de haber visto a su madre saltar de una aventura a otra, se había prometido no renunciar nunca a su trabajo y a su independencia por ningún hombre. Tina había tratado a los hombres con los que había tenido aventuras como dioses... pero cuando se habían hartado de ella, ellos la habían tratado como basura. Cuando acabara su aventura con Dimitri, volvería a París y retomaría el trabajo que tanto amaba, y haría todo lo posible por olvidarlo. Al menos eso fue lo que procuró decirse, intentando ignorar el vuelco que le dio el corazón cuando lo vio atravesar la habitación hacia ella.

–Mi hermana acaba de telefonear para decir que llegará un poco tarde –le explicó Dimitri antes de presentarle al hombre que lo acompañaba–. Louise, te presento a un buen amigo mío: Takis Varsos. Takis es curador de la Galería Nacional de Atenas.

–Es un placer conocerte –murmuró Takis.

Parecía algunos años mayor que Dimitri, de cara agradable, cabello algo gris y ojos negros y brillantes tras sus gruesas gafas.

–Tengo entendido que trabajas en el Louvre... Tengo muchas preguntas que hacerte... y quizá pueda contarte yo algo sobre nuestra colección de arte...

–Os dejo para que habléis de vuestras cosas –rio Dimitri–. Voy a preguntarle a Halia si puede retrasar la cena hasta que llegue Ianthe.

Quince minutos después, Louise había disfrutado de una fascinante conversación con Takis cuando Dimitri volvió a reunirse con ellos, acompañado esa vez de una mujer de pelo oscuro que se le parecía extraordinariamente. Se sintió súbitamente nerviosa, preguntándose si a su hermana le molestaría su presencia por culpa de la aventura de su madre con Kostas Kalakos. Sus temores resultaron infundados, porque Ianthe la saludó con gran efusión.

–Louise, me alegra tanto volver a verte... Han pasado muchos años desde la última vez que nos vimos en Eirenne, y por entonces no dispusimos de tiempo para conocernos mejor –le comentó con un deje de amargura–. Es increíble que Dimitri y tú os encontrarais por casualidad en París.

Louise desvió la mirada hacia Dimitri, ruborizada.

–Sí, el mundo es un pañuelo –murmuró secamente.

–Te traeré una copia de champán, *agapiti* –le dijo a su hermana, y se retiró.

–Es maravilloso, ¿verdad? –comentó Ianthe mientras lo veía alejarse–. Hace unos años sufrí una lesión gravísima, y Dimitri me cuidó durante meses después de dejar el hospital –miró curiosa a Louise–. Tengo entendido que vas a venderle Eirenne. Será estupendo volver a la isla. De niños la adorábamos, y me gustaría llevar a Ana a pasar las vacaciones allí cuando sea algo más mayor.

De repente se volvió hacia el hombre que acababa de acercarse a ella.

—Este es mi marido, Lykaios.

Louise devolvió el saludo a Lykaios, pero su mirada se vio atraída por el pequeño bulto envuelto en un chal que Ianthe tomó cuidadosamente de manos de su marido.

—Y esta es nuestra hija —anunció Ianthe con orgullo maternal—. Ana Maria... que era como se llamaba mi madre. Le di el pecho antes de salir, así que espero que aguante durante la cena. ¿Quieres tenerla en brazos?

No podía negarse. Louise confió en que, si alguien notaba su repentina tensión, la atribuyera al lógico nerviosismo de sostener a un recién nacido. Ianthe depositó el preciado bulto en sus brazos y Louise contempló maravillada la carita que asomaba entre los pliegues del chal. Ana era guapísima, con una matita de cabello negro y mejillas como pétalos de rosa.

El dolor que asaltó el pecho de Louise fue tan intenso que tuvo que respirar profundo varias veces. La pérdida de su bebé era algo que jamás olvidaría. Si las cosas hubieran sido distintas años atrás, ella habría sostenido en aquel momento un bebé propio en sus brazos, habría respirado el evocador aroma de su propio hijo o hija recién nacida. Y Dimitri habría sido padre.

Los otros invitados se habían arremolinado para admirar el bebé de Ianthe, y se oyeron algunas bromas entre los hombres acerca de cuál sería el siguiente en convertirse en padre.

—Dimitri se ha quedado rezagado —comentó Lykaios—. Ni siquiera está casado. Tendrás que darte prisa —le dijo a su cuñado—. Ya es hora de que engendres un heredero a quien entregar las riendas de Kalakos Shipping.

–No me parece justo traer una criatura al mundo para cumplir con un papel predeterminado –el tono de Dimitri se tornó serio mientras recogía a su sobrina de los brazos de Louise–. Un bebé debe ser concebido por el amor. Si yo tuviera hijos, los animaría a seguir sus sueños y a vivir la vida que eligieran libremente.

Louise le lanzó una sobresaltada mirada. Resultaba una amarga ironía que su punto de vista sobre la paternidad fuera idéntico al suyo. Instintivamente había presentido que sería un buen padre, y la tierna expresión de su rostro mientras acunaba a Ana contra su pecho agudizó el dolor que sentía.

Le habría encantado tener un hijo de Dimitri. El pensamiento se deslizó sigilosamente en su cabeza decidido a quedarse. Se recordó que era estúpido pensar esas cosas. Después de la interrupción de su embarazo, los médicos le habían advertido de que podría tener dificultades en volver a concebir. Y lo que era aún más pertinente: no debía olvidar que Dimitri la había llevado a Atenas para que pudiera cumplir con la parte del trato al que habían llegado. Ella era su amante temporal, y al cabo de dos semanas volaría de regreso a París para no volver a verlo más.

Los invitados se habían marchado y el plantel de servicio se había retirado a pasar la noche en sus casas. Mientras recorría las habitaciones de la planta baja, los pensamientos de Dimitri estaban concentrados en Louise. Aparentemente había disfrutado de la cena con sus amigos, pero por debajo de su sonrisa había creído detectar un aire de tristeza. Durante la cena, incluso se había inclinado para preguntarle al oído si se encontraba bien, y aunque ella le había asegurado que sí, había vislumbrado una dolida expresión en sus ojos que no había dejado de inquietarlo desde entonces.

Las puertas del salón que daban al patio estaban abiertas, ondeantes las cortinas por la suave brisa. Louise se hallaba de pie en la terraza, aparentemente absorta en sus reflexiones. Alzó la mirada cuando Dimitri se le acercó con la intención de acariciarle tiernamente el rostro... para descubrir un brillo de lágrimas en sus mejillas.

–*Glikia*, ¿qué te pasa?

Louise negó con la cabeza, incapaz de explicarle el dolor que sentía. Si pudiera dar marcha atrás en el tiempo... si no hubiera hecho caso a su madre para creer lo peor de Dimitri... si no hubiera perdido a su bebé... Lamentarse era absurdo, pero el hecho de saberlo no le impedía desear que las cosas hubieran sido distintas.

Dimitri enjugó con el pulgar una lágrima atrapada en sus pestañas y experimentó una sensación extraña, como si un puño le apretara el corazón.

–*Pedhaki?*

–Solo estaba mirando las estrellas y pensando en lo pequeños e insignificantes que somos todos –se echó a reír–. Creo que he bebido demasiado champán.

Dimitri sabía que solo había bebido una copa, pero no dijo nada y alzó la mirada al cielo negro, salpicado de millones de estrellas parecidas a diminutos diamantes.

–¿Ves esa estrella de allí arriba? –le señaló una–. Es la estrella Polar.

–¿Has estudiado astronomía?

–No con mucho detalle, pero solía salir a navegar con mi padre cuando era niño, y él me enseñó algunas nociones básicas sobre cómo orientarnos por las estrellas –suspiró–. A veces me gustaría tanto poder dar marcha atrás en el tiempo...

Era asombroso que ambos hubieran estado pensando en lo mismo. Casi como si sus mentes estuvieran conectadas, reflexionó Louise.

–¿Por qué? –le preguntó ella en un susurro.

–Me arrepiento de no haber llegado a reconciliarme nunca con mi padre. Los dos llegamos a decirnos cosas que debimos habernos callado, y yo nunca tuve la oportunidad de disculparme con él y decirle que le quería. Nadie imaginó que terminaría sufriendo un ataque cardíaco –declaró, triste–. Yo estaba en la otra punta del mundo cuando eso sucedió y, para cuando llegué a Atenas, era ya demasiado tarde. Murió una hora antes de que yo apareciera en el hospital.

–Lo siento.

El crudo dolor que Louise detectó en su voz le desgarró el corazón. Dimitri se había alejado de su padre por culpa de la relación de este con Tina, y aunque no lo había mencionado, el espectro de la aventura que destruyó a su familia se respiraba en el aire.

–No es culpa tuya –le dijo él, como si le hubiera leído el pensamiento–. Nada de todo aquello es culpa tuya. Me culpo a mí mismo y a mi cabezonería. Yo lo veía todo en términos de blanco o negro. Y me olvidé de que la vida no dura para siempre.

Louise volvió a alzar la mirada a las estrellas. A veces la vida terminaba antes incluso de empezar, reflexionó con amargura.

–Dimitri... si lo que tuvimos en Eirenne significó algo para ti... ¿por qué no intentaste volver a ponerte en contacto conmigo después? –ladeó la cabeza y estudió su hermoso rostro. Sus ojos estaban en sombra y ella ignoraba lo que estaba pensando, pero tenía que hacerle la pregunta que tanto la reconcomía por dentro–. Sé que al principio no pudiste hacerlo, con Ianthe en el hospital, pero después de que se hubiera recuperado... ¿por qué no me llamaste?

–No lo hice por varias razones –respondió él al cabo de un largo silencio–. Mi maldito orgullo fue una de ellas –Louise la había rechazado y eso le había dolido, por mucho que se negara a admitirlo. Se pasó una mano por el pelo–. No estaba en condiciones de contemplar la posibilidad de una relación contigo. Mi padre me había desheredado y pensaba... ¡Qué diablos! Estaba furioso y decidido a demostrarle que no lo necesitaba. Fundé mi propia empresa, Fine Living, y trabajé de manera obsesiva para que fuera un éxito. Mi vida social pasó a un segundo lugar detrás de mi ambición, y las mujeres con las que salía eran...

–¿Eran qué? –inquirió Louise al verlo vacilar.

–Mujeres que jugaban el mismo juego que yo –se encogió de hombros–, que comprendían que lo único que quería era una aventura sin compromisos emocionales. Cuando mi padre murió y me enteré de que al final me había nombrado heredero de Kalakos Shipping, me sentí en la necesidad de demostrarle que era merecedor de esa responsabilidad.

Se había concentrado en su trabajo como una forma de combatir el dolor que le produjo la muerte de su padre. Miró a Louise. La luna la bañaba con su luz de plata.

–Mi vida estaba perfectamente organizada y bajo control hasta que tú volviste a ella de golpe –añadió–. Creía conocerte... te consideraba una vulgar cazafortunas dispuesta a vender tu cuerpo por dinero. Ni siquiera podía culparte de ello. ¿Cómo habrías podido ser distinta, cuando tu madre había vivido de esa manera? Eso era lo que me decía a mí mismo –alzó una mano para enredar un rizo dorado en su dedo–. Pero tú me demostraste que estaba equivocado. *Thee mou*, si prácticamente llegamos a pelearnos cuando se me ocurrió regalarte este vestido... –musitó mientras le bajaba un tirante y se inclinaba para rozar con los labios el hombro desnudo.

Louise no pudo reprimir el temblor que la recorrió cuando él sembró un sendero de besos a lo largo de su clavícula.

–Siento haber reaccionado así con lo del vestido –susurró–. Y siento haber trastornado tanto tu vida...

–Yo no –la voz de Dimitri se hizo más profunda mientras la atraía hacia sí–. Quiero hacerte el amor, pero... –se interrumpió, pensando en el trato que había hecho con ella. Había creído que podría controlarla, como lo controlaba todo, pero su plan había fracasado.

–Pero ¿qué? –le preguntó, sorprendida.

–Pero tú tienes que quererlo también, *glikia mou*, y si no es así, podrás dormir en tu propia habitación. No te molestaré ni te exigiré nada.

Louise se lo quedó mirando dubitativa.

–Tenemos un acuerdo...

–No tenía ningún derecho a imponerte esa condición. Me alegro de haber tenido la oportunidad de comprar Eirenne, y seguiré adelante con la compra decidas lo que decidas sobre la cuestión de dormir juntos.

El corazón le latía tan rápido que incluso le costaba respirar. Seguía esforzándose por asimilar que Dimitri había cambiado de idea y no esperaba ya que ella fuera su amante. Le había dado a elegir... y ella conocía ya la respuesta.

–Quiero compartir tu habitación, tu cama –«y tu vida para siempre», añadió para sus adentros.

Dimitri le acunó el rostro entre las manos y la besó. Fue un largo y dulce beso en busca de una respuesta que ella le ofreció de buen grado. Cuando la levantó en vilo, Louise le rodeó el cuello con los brazos y apoyó la cabeza sobre su hombro mientras se dejaba llevar a través de la casa a oscuras. La luz de la luna penetraba a través de las persianas de la habitación.

El vestido azul zafiro cayó al suelo, seguido de la ropa interior de encaje. Dimitri le besó la boca, los senos, y se arrodilló luego para deslizar los labios por su vientre y por la mata de vello dorado que vislumbraba entre sus muslos. Le regaló el beso más íntimo de todos y deslizó la lengua en el húmedo centro de su feminidad, hasta que ella acabó gritando su nombre. La tumbó luego en la cama y le hizo el amor con una pasión feroz y una inesperada ternura que le llenó los ojos de lágrimas.

–Creo que deberíamos levantarnos –el domingo siguiente, Louise miró el reloj para descubrir que era casi mediodía.

–¿Por qué? –murmuró lánguidamente Dimitri mientras la acercaba hacia sí y cruzaba una pierna sobre sus muslos–. Yo estoy muy contento así como estoy.

–Dijiste que necesitabas trabajar algo hoy –le recordó–. Creo que ya he alterado más que suficiente tu agenda. Esta semana solo has ido dos días a la oficina. No quiero que te sientas en la obligación de entretenerme.

Dimitri bajó la cabeza y le besó el pezón rosado que asomaba por encima de la sábana. Para no pecar de injusto sometió al mismo proceso a su gemelo, y rio suavemente cuando la oyó contener el aliento.

–No te he escuchado queja alguna, *glikia mou*.

–Eres un anfitrión muy atento –le aseguró ella con gravedad, y se echó a reír cuando él le hizo cosquillas–. Pero hablando en serio... ¿no te aburres de quedarte encerrado? Joseph me comentó que nunca te había visto pasar tanto tiempo en casa.

–Nunca lo había hecho antes –admitió Dimitri. Tendiéndose de espaldas, la colocó encima de su cuerpo–. Pero me gusta estar aquí contigo –un brillo perverso asomó a sus ojos–. Y disfruto entreteniéndote.

Louise tuvo que renunciar. Ciertamente no iba a quejarse de las atenciones que él le prodigaba. Se levantaban tarde cada mañana y tomaban un desayuno-comida en la terraza. Dimitri habitualmente desaparecía en su estudio durante una hora para poner al día sus correos electrónicos, y luego pasaban la tarde en la piscina: nadando, leyendo... e inevitablemente haciendo el amor bajo el sol.

Le encantaba simplemente estar con él... de la misma forma que le había encantado años atrás, en Eirenne. La amistad que habían compartido se había reavivado, al igual que su recíproca pasión. Se sentía como si estuvieran en una burbuja, distanciados del resto del mundo. Pero todo el mundo sabía que las burbujas terminaban por estallar, y era consciente de que la realidad no tardaría en irrumpir en su idílica existencia.

Los días transcurrieron con rapidez. Dimitri la llevó a ver la Acrópolis y la Galería Nacional. Louise estaba enamorada de Atenas, sobre todo por las noches, cuando hacía más fresco, y curioseaban las tiendas que permanecían abiertas hasta tarde.

Dimitri había dado unos días libres a Joseph y Halia para que visitaran a su hijo, que vivía en una de las islas. El matrimonio se merecía un descanso, y además tenía que admitir que le gustaba estar solo en la casa con Louise. Podían hacer el amor cuando y donde querían. Fue después de una particularmente tórrida sesión sexual en la alfombra del salón, cuando se le ocurrió que se estaba volviendo rápidamente adicto a ella. Hacia el final de la primera semana, su abogado había telefoneado para informarle de que la venta de Eirenne estaba prácticamente ultimada.

–Una vez que ambos hayamos firmado el contrato, el dinero será ingresado en tu cuenta bancaria –le explicó a Louise mientras se dirigían en su coche a la oficina de su abogado. No pudo menos que sorprenderse de su falta de entusiasmo–. Vaya, esperaba que te mostraras más contenta –murmuró poco después, cuando bajaban del vehículo.

–*Estoy* contenta –musitó, incapaz de sostenerle la mirada.

Sabía que Dimitri se alegraba de poseer la isla, pero sabía también que no le gustaría nada enterarse de que el dinero que le había dado serviría para pagar el tratamiento de cáncer de su madre. Tenía todas las razones del mundo para odiar a Tina, reconoció, triste. Se sentía desgarrada, dividida su lealtad entre las dos personas a las que más amaba.

El pensamiento fue tan sobrecogedor que apenas se dio cuenta de que habían entrado en el despacho del abogado. ¿Amor? ¿De dónde había salido aquella palabra? Ella no estaba enamorada de Dimitri. ¿O sí? En realidad él lo era todo para ella, admitió, y el descubrimiento resultó aterrador... porque se había prometido a sí misma que nunca volverá a hacer de un hombre el centro de su universo, al igual que su madre había hecho antes. Había jurado que nunca se enamoraría loca, profunda, desesperadamente... y había roto aquella promesa. Sintió un violento dolor en el pecho, como si una flecha le hubiera atravesado el corazón. No tardaría en regresar a casa, y Dimitri no le había dado indicio alguno de que deseara continuar con su relación.

Lo organizó todo para llevarla de vuelta a París en su reactor privado, y durante su última noche en Atenas cenaron en una encantadora taberna, donde saborearon una maravillosa comida y bebieron *retsina* antes de volver a casa de la mano. Aquella noche Dimitri le hizo el amor con feroz pasión y exquisita ternura, hasta el punto de que Louise no pudo menos que preguntarse si no lamentaría su marcha tanto como ella.

Aunque estaban en pleno verano, llovía en París. El cielo gris reflejaba el humor de Louise, pero Madeleine parecía encantada de estar en casa. Nada más salir de su transporte se había instalado en su habitual sitio en el alféizar de la ventana.

–Tu apartamento no está diseñado para una persona de mi estatura –masculló Dimitri, que se había olvidado de agacharse y se había golpeado contra el marco de la puerta–. Ya desharás después la maleta. Tengo algo que enseñarte.

–¿Qué es? –inquirió, sorprendida.

–Ya lo verás. Es una sorpresa... que creo que te gustará. Ven conmigo.

Desconcertada, lo siguió de vuelta al coche.

–¿Quieres dar otra vuelta por el Louvre? –le preguntó minutos después, cuando el chófer se detuvo frente a las Tullerías.

–Acompáñame –fue lo único que le dijo mientras le hacía entrar en un antiguo y elegante edificio con vistas a los famosos jardines.

–¿Me explicarás de una vez que significa todo esto? –inquirió Louise, ya en el ascensor.

–Paciencia, *pedhaki* –sonrió.

Bajaron en la última planta. Solo había una puerta en el rellano, y Dimitri se sacó una llave de un bolsillo y la abrió, para en seguida hacerse a un lado e invitarla a entrar.

–¿Qué te parece?

Louise se encontró de pronto en un enorme salón de altos techos, maravilloso y lujosamente decorado.

–Es un apartamento fantástico... sobre todo con estas vistas a las Tullerías. Pero ¿por qué me has traído a este lugar? ¿Quién vive aquí?

–Tú –rio ante su consternada expresión–. La agencia inmobiliaria me dejó la llave con el portero para que pudiera enseñártelo. Si te gusta, firmaré el contrato y podrás trasladarte de inmediato.

Louise se lo había quedado mirando fijamente. La cabeza le daba vueltas.

–Me gusta el apartamento que tengo –dijo al fin–.
No puedo permitirme trasladarme aquí. El alquiler debe
de ser astronómico.

–No te preocupes por eso. Yo pagaré los costes –ignoró su ceño fruncido–. Convendrás conmigo en que tu
actual apartamento es demasiado pequeño para los dos.

–¿Quieres decir que quieres que vivamos aquí los
dos... juntos? –inquirió sin aliento. El corazón le latía
salvajemente–. ¿Vas a trasladarte a París?

Vio que se tensaba y fruncía el ceño, con lo que su
entusiasmo se evaporó.

–No –respondió–. Ya sabes que tengo que estar en Atenas para dirigir Kalakos Shipping. Pero te visitaré lo más
a menudo que pueda. ¿Por qué me miras así, *glikia mou*?

Dimitri miró la fría expresión de Louise y experimentó
una punzada de irritación. ¿Qué se había esperado? Él
no podía alterar su vida por ella más de lo que ya lo había hecho.

–Si no te gusta este apartamento, hay muchos otros
en el catálogo de la agencia.

–No es el apartamento. Quiero decir, sí lo es... pero
no en el sentido que tú piensas –Louise se sentía enferma de decepción. Si hubiera tenido un mínimo de
cordura, no habría dicho nada más y habría conservado
su dignidad. En lugar de ello, sacrificó su orgullo–. Cuando dijiste que el apartamento era para nosotros, yo creía
que estabas contrayendo algún tipo de compromiso
conmigo –susurró–. Pensaba que querías que estuviéramos juntos.

–Alquilar un apartamento para ti... para que nosotros
podamos estar juntos... es una especie de compromiso.

–No, no lo es –se vio asaltada por el recuerdo de las
visitas a su madre en el apartamento del conde italiano
en Roma. Nunca renunciaría a su independencia para
dejar que un hombre la mantuviera–. Me niego a ser tu
amante.

–*Gamoto!* ¿Entonces qué es lo que has sido durante estas dos últimas semanas? –le espetó Dimitri, furioso. Además de furia, experimentaba el todavía más intenso deseo de atraerla hacia sí y besarla hasta hacerle perder el sentido, dando así por terminada aquella absurda discusión–. Yo creía que lo habíamos pasado muy bien durante estas dos semanas. Que habías disfrutado estando conmigo al igual que yo contigo. Que no había sido solo sexo –la ignoró cuando ella abrió la boca para hablar–. Todo... la compañía, la amistad que compartimos. ¿Qué más quieres de mí?

Entrecerró los ojos al darse cuenta de que se trataba de una discusión con la que estaba muy familiarizado. La había tenido con varias de sus amantes. Y siempre habían sido el preludio del final de una aventura. Que una mujer empezara a hablar de compromisos significaba que había llegado el momento de salir corriendo. Pero entonces, ¿por qué no se marchaba? ¿Por qué la idea de terminar su relación con Louise le ponía de un humor tan sombrío como el cielo que se veía por la ventana?

–¿Qué es lo que esperabas cuando me dijiste que creías que estaba contrayendo una especie de compromiso conmigo? –soltó una amarga carcajada–. ¿Creías que iba a pedirte en matrimonio?

–No, por supuesto que no –se apresuró a negar Louise, ardiendo de vergüenza.

No había esperado eso, pero sí que había esperado ver alguna señal de que representaba para él algo más que lo que había representado su madre para todos aquellos hombres que la habían utilizado, y desechado, una vez que se habían cansado de ella.

El sonido de su móvil le hizo dar un respingo. Rápidamente lo buscó en su bolso, con la intención de cortar la llamada, pero fue ver el nombre del hospital de Massachusetts y experimentar un escalofrío. El teléfono dejó de sonar antes de que pudiera responderlo. Miró a Dimitri y se mordió el labio al ver su hosca expresión.

–Necesito devolver la llamada –le informó con tono rotundo.

–Claro –Dimitri se apartó de la ventana para atravesar la habitación–. El chófer te estará esperando abajo para llevarte a casa. Devolveré la llave a la agencia y les diré que no deseas el apartamento.

La miró y experimentó una punzada de frustración al ver la expresión de inequívoca tristeza de sus ojos.

–Tengo que volar directamente a Noruega para una reunión que pospuse la semana pasada –no era del todo verdad. Había planeado pasar la noche con Louise allí, en aquel nuevo apartamento, antes de marcharse de viaje de negocios por la mañana.

Louise lo había seguido hasta la puerta. La miró mientras la abría de un tirón, y sintió que el corazón se le contraía al distinguir un brillo de lágrimas en sus ojos. De modo que aquello era el final.

–Dimitri... –tenía la voz ahogada, como si le doliera demasiado la garganta para hablar–. Lo siento.

–También yo –quiso besarla, pero sabía que, si lo hacía, podría hacerle promesas que no sabía si podría cumplir–. Ya te llamaré –era lo que siempre decía cuando ponía punto final a una aventura, pero sabía perfectamente bien que no la telefonearía. No tenía sentido.

Louise salió primero. Él la observó alejarse por el pasillo. No miró hacia atrás antes de entrar en el ascensor. Las puertas se cerraron... y solo entonces Dimitri se dio cuenta de que no estaba preparado para dejarla marchar.

Capítulo 11

LA PRIMERA prioridad de Louise cuando regresó a París procedente de Massachusetts fue ir a buscar a Madeleine a casa de su vecino.

–*Chérie* –le dijo con tono suave Benoit mientras estudiaba su palidez y sus ojeras–, siento tanto lo de tu madre... ¿Hay algo que pueda hacer por ti?

–No, ya me he ocupado de todo. Solo necesito algo de tiempo.

Anhelaba soledad. Su diminuto apartamento era un santuario y Madeleine una fiel compañía que no se apartaría de su lado durante el tiempo de duelo que la esperaba.

En su despacho de Atenas, Dimitri miraba el cheque por un millón de libras que había llegado con el correo. Durante las tres últimas semanas había experimentado toda una multitud de emociones: desde ira por la manera en que Louise había rechazado el apartamento que él le había conseguido en París, hasta confusión, frustración y creciente furia cuando no había contestado a ninguna de sus llamadas. Durante los últimos días, un sentimiento de sorda desesperación se había apoderado de él. La sensación de que toda la alegría había desaparecido del mundo.

Eso había cambiado cuando abrió la carta dirigida a su atención, con la reconocible letra de Louise en el sobre, y descubrió la nota adjunta al cheque. Le decía que le devolvía la cantidad entera que había pagado por Eirenne. No había nada más: ninguna explicación de sus razones, ni el motivo de que aparentemente no quisiera tener nada que ver con él. La sensación de estupor que tan ajena le resultaba fue sustituida una vez más por una ardiente furia. Se merecía algo más que una mezquina nota de dos líneas, se dijo airado. Después de ignorarlo durante tres semanas, ¿era eso lo que se dignaba enviarle?

De una cosa estaba seguro: no estaba dispuesto a permitir que continuara ignorándolo. Pulsó el intercomunicador de su escritorio y gruñó a su secretaria personal como un oso enfurecido:

—Prepara el reactor para que me lleve directamente a París. Y cancela todas las citas, de manera indefinida. Por favor —añadió. Si tenía que ser justo, todo el desastre en que parecía haber convertido su vida no era culpa de Aletha.

Varias horas más tarde se hallaba frente a la puerta del apartamento de Louise, sintiendo un incómodo nudo en el estómago. Pulsó el timbre y adelantó un pie, preparado para bloquear la puerta.

Oyó pasos al otro lado, seguidos del ruido de la cadena. Por fin se abrió la puerta.

—*Thee mou!* —no pudo reprimir su reacción de asombro. Vio que tenía el rostro blanco como el papel y con profundas ojeras. Lo miraba aturdida, con un aire de fragilidad que no pudo conmoverlo más.

—¡Dimitri! —parpadeó varias veces, sorprendida.

—*Glikia mou*, ¿qué ha pasado?

Louise soltó un tembloroso suspiro.

—Murió mi madre.

Dimitri se quedó consternado. Le costaba asimilarlo. Tina Hobbs: la amante de su padre, la mujer a la que había culpado de haber roto el corazón de su madre... estaba muerta. Siete años atrás la había despreciado, pero en aquel momento no sentía más que piedad por Tina. Y por su hija. Entró en el piso, acordándose a tiempo de agachar la cabeza para no golpearse contra el marco de la puerta.

–*Pedhaki* –murmuró con tono suave, y la atrajo a sus brazos. Ella no hizo ningún intento por apartarse, y mientras le acariciaba los rizos color miel, Dimitri tuvo la sensación de que todas las piezas empezaban a encajar en su lugar–. ¿Cuándo sucedió?

–Hace dos semanas –respondió con la voz ahogada contra su pecho.

–¿Por qué no me llamaste? Te habría acompañado.

La ternura de la voz de Dimitri hizo que los ojos se le llenaran de lágrimas. Sus emociones estaban en carne viva, pero de repente sintió vergüenza de haberse lanzado prácticamente a sus brazos. Apartándose, le hizo pasar al salón. No pudo evitar quedarse deslumbrada ante su aspecto, vestido como iba con unos tejanos beis y una camisa negra de seda.

–Intenté telefonearte muchas veces, pero no recibí respuesta –le dijo con tono suave.

–Estaba en los Estados Unidos. No sé por qué, pero el móvil no me funcionaba allí. No me puse en contacto contigo porque... –se le quebró la voz. Se alejó de él para detenerse ante la ventana y acariciar distraídamente a Madeleine–. No podía hacerlo después de lo que ocurrió la última vez que estuviste en París... con todas esas cosas terribles que te dije. Yo... yo estaba demasiado asustada para aceptar lo que me ofrecías –le confesó con dolorosa sinceridad.

–No importa –le aseguró Dimitri–. Lo entiendo.

Sabía que había necesitado sentirse segura en su relación, y él no había comprendido la huella tan honda que le habían dejado sus vivencias infantiles.

–Había otra razón. Había hecho algo horrible –le tembló la voz–. Dimitri, yo te vendí Eirenne para reunir el dinero con que pagar el tratamiento médico de mi madre. Tenía cáncer, y su única esperanza era recibir tratamiento en los Estados Unidos. No te lo dije, porque sabía que la odiabas y tenía miedo de que pudieras anular el trato. Tú eras mi única esperanza... su única esperanza. Tina necesitaba empezar el tratamiento de inmediato y yo tenía que gestionar la venta lo más rápido posible –se interrumpió para continuar con voz ahogada–: Pero al final el dinero no fue necesario. No tuvo la fortaleza suficiente para empezar el tratamiento y falleció en el hospital de Massachusetts. Estuve con ella al... al final, y el funeral se celebró allí. Yo siempre pensé que lo justo habría sido que tu padre te hubiera legado Eirenne, así que cuando regresé a París, te devolví el dinero.

–Recibí tu cheque esta misma mañana.

Lo miró. Su expresión era inescrutable, pero Louise estaba segura de que su confesión debía de haberlo enfurecido. Miró al suelo, nerviosa, y todavía más cuando lo vio atravesar el pequeño salón para plantarse frente a ella.

–Yo sabía, mientras estuviste en Atenas, para qué necesitabas el dinero.

No parecía furioso. Parecía... Louise tenía miedo de intentar definir su expresión. Sacudió la cabeza, completamente confusa.

–No es posible. ¿Cómo pudiste haberlo sabido?

–Tenía curiosidad por saber por qué estabas tan dispuesta a vender Eirenne por mucho menos de lo que valía –suspiró–. Cuando dijiste que necesitabas el dinero con rapidez, me pregunté si tendrías deudas, si algún prestamista sin escrúpulos no te estaría acosando para que le devolvieras alguna suma. No sabía qué pensar –murmuró mientras ella contenía la respiración–. Contraté a un detective para que averiguara todo lo posible. Quería protegerte, llegado el caso. Pero el detective descubrió que tu madre estaba gravemente enferma y que había sido trasladada a una clínica especializada en cáncer de los Estados Unidos poco después de que yo hubiera aceptado comprar la isla. No me resultó difícil adivinar por qué estabas tan desesperada por venderla.

–¿Por qué seguiste adelante con el trato una vez que descubriste que el dinero era para mi madre? –le preguntó Louise con voz débil. La habitación había empezado a dar vueltas a su alrededor–. Tú la odiabas...

–Pero tú la querías –esbozó una sonrisa de ternura–. Enfrentado a la misma situación, yo habría hecho lo mismo por un ser querido. Yo esperaba que confiaras lo suficiente en mí como para que me contaras lo de la enfermedad de Tina, y, como no lo hiciste, me pareció que yo tampoco debía mencionarlo.

La atrajo hacia sí y Louise se apoyó en él, agotada.

–Me cuesta confiar en la gente –admitió con voz ronca–. Yo nunca quise terminar como Tina. Ella quería que la amaran, pero cuando fue rechazada por mi padre, y luego por sus amantes, se endureció y los utilizó como ellos la utilizaron a ella.

La infancia y adolescencia de Louise le habían dejado a una pesada maleta emocional, y como hombre habituado a rehuir los sentimientos y a mantener los suyos bajo control, Dimitri habría salido corriendo antes que comprometerse con ella. Pero su vida había quedado cabeza abajo desde el instante en que la vio entrar en su despacho como una sensual diosa de minifalda roja.

–¿Confías en mí, *glikia mou*? –era consciente del doloroso nudo que sentía en el corazón mientras esperaba una respuesta.

–Sí –respondió de manera sencilla, inequívoca. Louise sabía que podía confiarle la propia vida.

–Entonces toma a Madeleine y vente conmigo.

Ni siquiera le preguntó adónde la llevaba. Le bastaba con estar con él.

Louise se quedó dormida en el avión. Dimitri la llevó al dormitorio de la parte posterior del reactor, la acostó en la cama y la arropó antes de instalarse con su ordenador portátil y mandar unos pocos correos a sus principales ejecutivos. Kalakos Shipping era importante pero Louise lo era aún más, y decidió que había llegado el momento de delegar responsabilidades.

Fue corto el trayecto del aeropuerto de Atenas al muelle de Rafina, donde tenía atracado su barco.

—¿Vamos a Eirenne? —le preguntó ella mientras zarpaban a toda máquina con un rumbo que recordaba de años atrás.

—Sí. De vuelta a donde todo empezó —explicó con tono suave. Vio que sus mejillas habían recuperado algo de color con las horas de sueño, pero la brisa que le pegaba la ropa al cuerpo revelaba lo mucho que había adelgazado. Seguía teniendo un aspecto conmovedoramente frágil. El sol colgaba bajo en el cielo cuando arribaron a la isla: una bola de color naranja fuego que teñía de oro las escasas nubes y bañaba con una luz suave el sendero que partía del embarcadero.

—No ha cambiado nada —murmuró Louise mientras seguían el sendero que se internaba en el bosque de pinos. El regreso a la isla le suscitaba sentimientos encontrados: con recuerdos especiales, pero también remordimientos.

La antigua villa levantada por el abuelo de Dimitri estaba tal como la recordaba Louise. Medio oculta entre los pinos, con sus numerosas ventanas mirando al mar que relucía como una preciosa joya al sol del ocaso. Joseph y Halia los recibieron en la puerta. La pareja estaba encantada con la plantilla de la casa y contenta de viajar a la isla siempre que los necesitaran, según le explicó Dimitri cuando le hizo entrar en el salón. Louise no podía recordar la última vez que había hecho una comida normal: últimamente su apetito había sido inexistente.

Después de la cena, se sentaron en la terraza y terminaron el vino mientras el sol se hundía en el horizonte. Por primera vez en muchas semanas, Louise sintió que parte de su tensión la abandonaba.

–Gracias por haberme traído aquí. Casi me había olvidado de lo hermosa que es esta isla.

–Yo no he olvidado nada de este lugar.

Se encontró con su mirada, y en medio de las sombras, Louise vislumbró el brillo de las doradas vetas de sus ojos.

–Recuerdo cuando te traje a esta casa por primera vez –continuó–. Te miré y pensé que eras la mujer más bella que había visto en mi vida.

–Eso no puede ser cierto –esbozó una débil sonrisa. Estabas con aquella despampanante modelo, Rochelle Fitzpatrick, pero ella había roto la relación. Quizá, por despecho, te habrías sentido atraído por cualquier mujer... –expresó la duda que aún persistía.

Dimitri echó la cabeza hacia atrás y soltó una carcajada.

–No estaba despechado por lo de Rochelle. En todo caso, estaba contento de haber podido librarme de ella. Tu madre tenía razón en algo: Rochelle me dejó cuando se enteró de que mi padre me había desheredado. Me di cuenta entonces de que, más que de mí, había estado enamorada de la fortuna que había esperado que yo heredara.

–Entiendo –el corazón le dio un vuelco cuando él bajó la cabeza y se apoderó de sus labios. Se perdió instantáneamente en la belleza de aquel beso.

El aroma de los pinos no podía ser más evocador.

Los recuerdos se agitaron en la mente de Louise mientras Dimitri la levantaba en brazos y se internaba en la casa. La llevó al dormitorio que habían compartido durante una única noche. Se desnudaron. La luz de la luna bañó sus cuerpos, siguiendo el recorrido de sus manos mientras se exploraban mutuamente. Le besó los senos y el vientre, y se arrodilló luego para regalarle la caricia más íntima de todas, separándole suavemente los muslos para hundir la lengua en su melosa dulzura.

Tumbada en la cama, acarició su ya duro miembro hasta que, soltando un gruñido, Dimitri se colocó sobre ella. Sus miradas se fundieron mientras se deslizaba profundamente en su interior, y cuando empezó a moverse, Louise tuvo la sensación de que el corazón iba a estallarle en el pecho.

Cuatro días después, Dimitri se despertó al amanecer para descubrir que estaba solo. Deteniéndose el tiempo suficiente para ponerse unos tejanos y meterse algo en el bolsillo, abandonó rápidamente la casa sumida en el silencio. La puerta principal estaba abierta y suspiró de alivio cuando miró hacia el jardín y la vio al otro lado, en la playa.

—Es la segunda vez que desapareces de mi cama —murmuró, recordando la ocasión en que lo había dejado durmiendo en su hotel de París. Deslizó los brazos por su cintura—. No me gusta, *glikia mou*. Me he vuelto adicto a despertarme y ver tu rostro en la almohada a mi lado.

—Estaba pensando que necesito volver a casa —sonrió, triste—. He disfrutado de casi un mes de permiso en el trabajo, pero ya va siendo hora de que retome mi vida. Mi madre querría que lo hiciera —se le quebró la voz—. Estaba tan orgullosa de mi carrera y de mi trabajo...

Dimitri era consciente de la peculiar sensación que sentía en el estómago. Desde que habían desembarcado en la isla, había estado esperando el momento adecuado. Y aquel momento, con el sol asomando sobre los pinos y el cielo surcado de nubes doradas y rosadas que se reflejaban en el mar, era perfecto.

–Hay un puesto vacante en la Galería Nacional de Atenas... que Takis Varsos estaría muy interesado en que aceptaras –murmuró.

–París está a tres horas de avión de Atenas... –lo miró perpleja.

–Pero si vivieras en Atenas... –enterró los dedos en su pelo y la miró a los ojos, que eran del mismo color de la piedra de zafiro que llevaba en su bolsillo.

Si Dimitri le pedía que se convirtiera en su amante, ¿tendría la fuerza necesaria para negarse?, se preguntó Louise. ¿Debería renunciar a aquella oportunidad de felicidad solo porque tenía miedo de lo que pasaría una vez que su relación acabara?

–El compromiso era algo en lo que yo no estaba interesado –admitió Dimitri–. Nunca entendí cómo dos personas podían estar tan seguras de su relación como para desear pasar sus vidas juntos. Pero luego conocí a cierta chica que se me metió en el corazón y allí se quedó, pese a que no volví a verla durante años. Sin que yo me diera cuenta, la comparaba con cada mujer con la que me encontraba, hasta que al fin lo entendí todo y supe que quería estar con ella para siempre.

–¿Dimitri...? –susurró Louise. Ella le había asegurado que confiaba en él. Pero tenía miedo de confiar en la expresión que veía en sus ojos, temerosa de creer que pudiera estar diciendo lo que parecía estar diciendo.

–Te quiero, Louise. Tú eres el amor de mi vida.

Dimitri se llevó una mano temblorosa al bolsillo de los tejanos y sacó un anillo: una piedra ovalada de zafiro rodeada de diamantes que relampagueaban con la luz del nuevo día. La oyó contener el aliento cuando se apoderó de su mano y se la llevó a los labios.

–¿Querrás casarte conmigo y pasar el resto de tu vida a mi lado? ¿Querrás ser la madre de mis hijos? Cuando te vi con el bebé de mi hermana en brazos, sentí como si algo se activara en mi pecho, y me imaginé a los dos teniendo un hijo juntos... Cariño, ¿qué te pasa?

Se sobresaltó de sorpresa cuando Louise retiró la mano. Parecía devastada: era la única manera que se le ocurría de definir su expresión.

–No puedo –pronunció con voz angustiada–. No puedo casarme contigo. No sería justo.

–*Theos!* Yo pensaba que era eso lo que querías. Yo creía, esperaba...

Debía de haberse equivocado al pensar que ella lo quería. El descubrimiento resultó demoledor. Por primera vez en su vida, Dimitri se quedó absolutamente helado. Era precisamente por eso por lo que siempre había dado la espalda a los sentimientos, se dijo desesperado. Se había sentido perfectamente satisfecho con la anodina vida sentimental que había llevado siempre, sin traumas ni dramatismos. Hasta que Louise irrumpió en su vida y lo cambió todo. Ella le había hecho amarla, y ahora no podía hacer nada por evitarlo.

Louise había echado a correr hacia el mar. Por un momento Dimitri temió que siguiera corriendo hasta que la tragaran las olas, hasta que vio que se detenía y se volvía lentamente para mirarlo, con el dolor reflejado en sus ojos.

–Hay algo que no te he dicho. Algo que debí haberte contado.

–Entonces, por el amor de Dios, dímelo ahora –el miedo le enronquecía la voz.

–Hace siete años, me quedé embarazada de ti –soltó un tembloroso suspiro–. Estaba en la universidad cuando lo descubrí, y me quedé consternada y asustada, pero...

–se mordió el labio–. Pero también estaba entusiasmada. Sabía que sería difícil... quiero decir que sabía que era el momento menos oportuno para que tuviera un hijo... pero yo quería mi bebé... *nuestro* bebé. Lo amé desde el primer momento. Te telefoneé para decírtelo. Ahora sé, por supuesto, que estabas en Sudamérica con Ianthe, pero entonces supuse que no querías saber nada de mí.

–*Thee mou* –pronunció Dimitri con tono desgarrado–. No tenía idea. Yo usaba preservativo... pero ninguno es efectivo al cien por cien. Debí haberme puesto en contacto contigo después de que regresaras a Sheffield, pero estaba furioso por la manera en que me habías abandonado. Y luego Ianthe resultó herida y tuve que concentrarme en ella. Pero luego volví a llamarte... ¿por qué no me lo dijiste entonces? Y el niño... –apenas estaba empezando a asimilar la enormidad de lo que ella le había revelado–. ¿Qué le sucedió al niño?

Vio que se pasaba una mano por los ojos.

–Lo perdí en la séptima semana de embarazo. Todo parecía ir bien, hasta que un día me desperté con dolor. Estaba sangrando, y pensé que estaba perdiendo el bebé –le tembló la voz, asaltada por aquellos horribles recuerdos–. Una de mis compañeras de apartamento era estudiante de medicina e insistió en llevarme a urgencias. Le debo la vida. Me enteré de que tenía un embarazo ectópico, en el que el bebé se desarrolla en la trompa de Falopio y no en el útero. La trompa se había roto, causando una hemorragia interna. No solo perdí el bebé, sino que los médicos tuvieron que extraer la trompa dañada.

Concentrada en contárselo todo, Louise no lo había oído moverse hasta que de repente se lo encontró a su lado. Tenía una expresión torturada. El corazón le dio un vuelco cuando vio sus ojos húmedos por las lágrimas.

–Louise, *pedhaki*... –le falló la voz–. Se me desgarra el corazón cuando pienso en todo lo que has tenido que pasar sola. De haberlo sabido me habría reunido contigo... Tú me necesitabas, y nunca me perdonaré a mí mismo no haber estado allí, no haberte ayudado a sobrellevar el dolor de la pérdida de nuestro hijo.

—Sucedió todo tan rápidamente... Me metieron en el quirófano y ya no tuve tiempo de avisarte. Después no contesté tu llamada. No podía. Me sentía tan desgraciada que no podía soportar contarte lo sucedido, y me pareció inútil hablarte de un bebé que ya no existía —le acarició el rostro bañado en lágrimas, llorando también—. A través de todos estos años que estuvimos separados, tú viviste en mi corazón... y siempre vivirás —le puso un dedo sobre los labios al ver que se disponía a decir algo—. Vi tu mirada de ternura cuando sostenías a Ana. Serás un padre maravilloso. Pero es posible que yo no pueda nunca darte un hijo. Aunque me quedara embarazada, existe el riesgo de que tenga otro ectópico.

Dimitri le enjugó las lágrimas y le acunó el rostro entre las manos.

—Te amo —le confesó—. Te amaré si tienes hijos y te amaré igual si no los tienes. Nadie puede predecir lo que nos deparará el futuro. Quizá tengamos la suerte de fundar una familia, pero, si no es el caso, lo enfrentaremos juntos. Lo importante es que me amas. Y yo te adoro, *kardia mou*.

La besó. Y fue el más dulce, bello y tierno beso del mundo, porque estaba cargado de amor.

—Quiero dormirme en tus brazos cada noche y despertarme cada mañana para ver tu rostro junto al mío—. Quiero que seas mi amiga, mi amante, mi único amor verdadero. ¿Querrás ser mi esposa, Louise, y quedarte conmigo para siempre?

—Sí —respondió sin más, porque no eran necesarias las palabras cuando el amor que sentía por él ardía en sus ojos. Y las lágrimas que vertió fueron de felicidad cuando Dimitri le deslizó el zafiro en el dedo, como anillo de compromiso.

Epílogo

UN AÑO después, Louise se hallaba sentada con su cuñada en la terraza de la antigua villa de Eirenne, viendo cómo Dimitri jugaba con su sobrina en la playa.

—No puedo creer que Ana haya empezado a andar. Está creciendo tan rápido... –suspiró Ianthe.

—Dentro de unos pocos meses tendrá una hermanito o una hermanita, y tú te alegrarás de que ya esté caminando –Louise estudió el abultado vientre de Ianthe con interés–. Me pregunto si será niño o niña.

—A Lykaios y a mí no nos importa. Pero sería bonito para Theo que tuviera un primito como compañero de juegos...

Louise se echó a reír y bajó la mirada a su hijo, que dormía plácidamente en sus brazos.

—Me cuesta imaginarme a Theo corriendo... solo tiene ocho semanas –acarició la suave mejilla de su bebé y su manchita de pelo oscuro.

—¡Qué preciosidad! –Dimitri se había reunido con ellas, en cuclillas junto a su esposa y su hijo–. Mira qué deditos más pequeños tiene... Es increíble –murmuró maravillado.

—Es nuestro pequeño milagro –musitó Louise–. Aunque no parecía tan pequeño cuando le di a luz...

Se encontró con la mirada de su marido y el corazón le dio un familiar vuelco ante su sensual sonrisa. Se habían casado un mes después de que Dimitri la llevara a Eirenne. La boda en Atenas había sido sencilla y discreta, con asistencia de los amigos y familiares más cercanos. Benoit Besson había diseñado el vestido de novia. Louise había llevado un ramito de fragantes lirios y lucido el colgante del diamante *fleur-de-lis* de su abuela, regalo de Dimitri.

–Cuando me enteré de que lo habías vendido para pagar el traslado de tu madre, lo busqué por todas las joyerías de París hasta que por fin lo encontré –le había explicado mientras ella contemplaba emocionada la resplandeciente joya en su lecho de terciopelo.

Louise se había sentido encantada de poder recuperar aquel recuerdo de su abuela, pero lo que le había hecho más feliz era la decisión de Dimitri de donar el millón de libras que ella le había devuelto a un proyecto de investigación contra el cáncer, en el mismo hospital de París donde había estado internada su madre. Lo amaba más y más cada día, y sabía que él la amaba con igual intensidad.

Giró la cabeza para volverse de nuevo hacia Ianthe, que estaba sentando a su hija en su cochecito.

–Me llevo a Ana a la villa a que duerma la siesta. Tenéis que venir a ver la habitación de la niña y el resto de Villa Afrodita, ahora que ya han terminado de redecorarla.

–Iremos después –le prometió su hermano.

Cuando Ianthe se hubo marchado, Dimitri tomó a Theo y lo acostó también en su cochecito.

–Todavía le quedan unas horas de sueño, ¿no te parece?

–Probablemente. ¿Por qué? ¿Qué quieres hacer? –el pulso se le aceleró cuando Dimitri la levantó en brazos y la depositó sobre una de las tumbonas.

–Lo que siempre quiero y nunca me canso de hacer –murmuró mientras le soltaba la parte superior del bikini–. Quiero amarte... con toda mi alma y mi corazón.

–Y con tu cuerpo también, espero –susurró ella contra sus labios.

Las doradas vetas de sus ojos ardieron de pasión y amor. Y también de una burlona diversión.

–Si insistes, *glikia mou...*

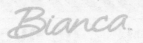

No todo lo que reluce... es oro

Ciro D'Angelo era un des-
piadado hombre de nego-
cios que reconocía una
oportunidad en cuanto la
veía, y Lily Scott, con su
dulce vulnerabilidad y anti-
guos valores, era la esposa
que necesitaba. Todo lo
contrario a las cazafortunas que lo habían perse-
guido durante toda su vida.
Pero, en su noche de bo-
das, Ciro se dio cuenta de
que Lily no era tan pura
como él había esperado, y
se preguntó si no sería tan
interesada como las de-
más. Al parecer, su matrimonio había terminado an-
tes de empezar, pero Lily
ya era la señora D'Angelo y
no había marcha atrás.

Belleza mancillada

Sharon Kendrick

Acepte 2 de nuestras mejores novelas de amor GRATIS

¡Y reciba un regalo sorpresa!

Oferta especial de tiempo limitado

Rellene el cupón y envíelo a
Harlequin Reader Service®
3010 Walden Ave.
P.O. Box 1867
Buffalo, N.Y. 14240-1867

¡Sí! Por favor, envíenme 2 novelas de amor de Harlequin (1 Bianca® y 1 Deseo®) gratis, más el regalo sorpresa. Luego remítanme 4 novelas nuevas todos los meses, las cuales recibiré mucho antes de que aparezcan en librerías, y factúrenme al bajo precio de $3,24 cada una, más $0,25 por envío e impuesto de ventas, si corresponde*. Este es el precio total, y es un ahorro de casi el 20% sobre el precio de portada. !Una oferta excelente! Entiendo que el hecho de aceptar estos libros y el regalo no me obliga en forma alguna a la compra de libros adicionales. Y también que puedo devolver cualquier envío y cancelar en cualquier momento. Aún si decido no comprar ningún otro libro de Harlequin, los 2 libros gratis y el regalo sorpresa son míos para siempre.

416 LBN DU7N

Nombre y apellido   (Por favor, letra de molde)

Dirección   Apartamento No.

Ciudad   Estado   Zona postal

Esta oferta se limita a un pedido por hogar y no está disponible para los subscriptores actuales de Deseo® y Bianca®.
*Los términos y precios quedan sujetos a cambios sin aviso previo.
Impuestos de ventas aplican en N.Y.

SPN-03   ©2003 Harlequin Enterprises Limited

Se acabó fingir

NATALIE ANDERSON

Un romance adolescente convertido en pesadilla le había enseñado a Penny Fairburn que fingir era la única manera de vivir sin problemas. Pero cuando un día en la oficina el apuesto Carter Dodds le pidió que lo ayudara, Penny descubrió lo equivocada que había estado.

Carter podía tener a cualquier mujer en bandeja y le gustaba ir a las claras. Sin embargo, tras varias noches ardientes con Penny, su filosofía de nada de ataduras cambió.

Penny nunca había fingido en la cama de Carter, pero conseguir que reconociera los verdaderos sentimientos que tenía por él se convirtió en un enorme desafío para Carter.

El trabajo más satisfactorio

¡YA EN TU PUNTO DE VENTA!

Bianca.

Aquella última noche tuvo consecuencias inesperadas

La tentación de una última noche de pasión embriagadora con su esposo era demasiado fuerte para que Melanie Masterson se resistiera a ella. A la mañana siguiente, besó su atractiva boca a modo de despedida y dio por terminado su matrimonio, pues creía que Forde se merecía a una mujer mejor que fuera una buena madre y esposa. Pero esa noche tuvo consecuencias inesperadas.

Al descubrir que Melanie se había quedado embarazada, Forde decidió recuperar a su esposa y a su hijo, aunque eso significara jugar sucio, mediante una seducción tan apasionada que ella no volvería a querer abandonar sus brazos.

Una última noche

Helen Brooks